El extraño caso de Benjamin Button y otros relatos

Plutón
Ediciones

COLECCIÓN
ETERNA

El extraño caso de Benjamin Button y otros relatos

F. Scott Fitzgerald

TRADUCCIÓN: BENJAMIN BRIGGENT

© Lucemar C. A., 2015

Sexta Edición: 2026

Plutón Ediciones X, s. l., 2017

E-mail: contacto@plutonediciones.com
http://www.plutonediciones.com

Diseño de cubierta: Alejandro Díaz
Maquetación: Saul Rojas

Impreso en España / Printed in Spain

I.S.B.N anterior: 978-84-15089-78-0

I.S.B.N: 979-13-87692-97-1
Depósito Legal: B-15317-2025

Estudio preliminar

Este relato apareció publicado por primera vez en la revista Collier's en 1922 y después en un libro antología titulado *Tales of the Jazz Age* (*Cuentos de la era del jazz*).

Fue adaptado al cine bajo la dirección de David Fincher y protagonizado por Brad Pitt y Cate Blanchett en el año 2008, pero el guión difería bastante de la historia original, hasta el punto de coincidir solo con el título.

El relato cuenta cómo Benjamin Button nace con 70 años y va rejuveneciendo con el transcurso del tiempo. Está inspirado en Mark Twain que una vez manifestó "que era una pena que la mejor parte de la vida se diera al principio y la peor al final".

Se trata de una narración fantastico-satírica, cuyas páginas más cómicas se ofrecen con el nacimiento y la niñez de Benjamin.

Actualmente, todo el mundo querría que le sucediera lo que le ocurre a Button.

A diferencia de lo que acontecía en aquel entonces, Benjamin nace en un elegante hospital perteneciente a la aristocracia sureña, en 1860.

El protagonista permite contemplar la sociedad en la que está inmerso con ojos distintos y críticos. Con la inversión de su edad surgen las primeras contrariedades, como el fracaso para matricularse en la universidad cuando tiene 50 años, y detrás de cada contrariedad afloran los férreos prejuicios sociales de la epoca.

El estilo es sobrio y directo, y la descripción muy evocadora, con un extraño y fantástico protagonista que ha de enfrentarse a una sociedad que nunca termina de aceptarlo del todo, dejando en el lector un sabor melancólico singular.

Se trata del segundo relato de corte fantástico publicado por Fitzgerald —antes fue *The Cut-Glass Bowl* en 1920— tal como escribió algunos de sus cuentos más brillantes, los cuales reflejan la tensión entre romanticismo y realismo, convirtiendo lo imposible en verosímil.

Los *Cuentos de la era del jazz* son protagonizados por hombres apuestos dispuestos a disfrutar de las noches neoyorkinas de comienzos de la segunda década del siglo XX, Button también se dedica a ello cuando le llega "su edad apropiada".

Francis Scott Fitzgerald bautizó como la *era del jazz* al período comúnmente conocido como los *felices años veinte* (*roaring twenties*) que va desde finales de la Gran Guerra hasta el *crack* del 29.

Son años de optimismo, de expansión y de confianza en el futuro, relajados, con un anhelo de libertad individual y con una moral hasta entonces puritana, mientras que las clases pudientes, caían en una frivolidad sin límites. El único objetivo a alcanzar eran las fiestas, el alcohol, los amoríos fáciles, la música y la diversión.

Se creía que no habría más guerras de aquel calibre, la economía iniciaba una época de prosperidad sin bases firmes y de pura especulación. El *crack* de la bolsa de Nueva York, los hizo sumergir en una pesadilla que no terminaría hasta después de la Segunda Guerra Mundial. Francis Scott Fitzgerald fue el gran cronista y protagonista de estos *roaring twenties* que ahogó en alcohol sus decepciones.

El extraño caso de Benjamin Button

I

Nacer en tu propia casa era lo correcto hasta 1860. Según me comentan, actualmente, los grandiosos dioses de la medicina han determinado que los primeros llantos del niño recién nacido deben ser emitidos en el ambiente esterilizado de un hospital y es preferible que sea en un hospital elegante. De manera que el señor y la señora Button se adelantaron a la moda cincuenta años cuando tomaron la decisión, un día veraniego de 1860, de que su primer bebé naciera en un hospital. Jamás sabremos si esta incongruencia tuvo alguna influencia en la extraordinaria historia que estoy a punto de narrarles.

Les voy a contar lo que sucedió y permitiré que juzguen por ustedes mismos.

Los Button disfrutaban en el Baltimore de antes de la guerra de una envidiable posición, tanto económica como social. Estaban vinculados con esta o aquella familia, lo que, como sabía todo sureño, les daba el derecho a formar parte de la enorme aristocracia que vivía en la Confederación. En lo que concierne a la antigua y hermosa costumbre de tener hijos era su primera experiencia, lógicamente, el señor Button estaba nervioso. Tenía confianza en que fuera un niño, para poder enviarlo a estudiar a la Universidad de Yale, en Connecticut, institución en la que el mismo señor Button fue conocido durante cuatro años con el sobrenombre, más bien evidente, de Mano Dura.

La mañana de septiembre, consagrada al maravilloso acontecimiento, se levantó muy nervioso a las seis de la mañana, se puso la ropa, se anudó una corbata impecable y echó a correr por las calles de Baltimore hasta el hospital, donde indagaría si la oscuridad de la noche trajo una nueva vida en su seno.

Se encontró con el doctor Keene, su médico de cabecera, a unos cien metros de la Clínica Maryland para Damas y Caballeros, quien descendía por la escalera principal restregándose las manos como si se las estuviera lavando, como todos los doctores están obligados a hacer, en concordancia con los principios éticos, jamás escritos, de la carrera.

El presidente de Roger Button & Company, Ferreteros Mayoristas, el señor Roger Button, corrió hacia el doctor Keene con muchísima menos mesura de lo que se podría esperar de un caballero del Sur, hijo de aquel pintoresco tiempo.

—Mire, doctor Keene —llamó—. ¡Eh, doctor Keene!

El médico lo escuchó, se volvió y se detuvo a esperarlo, al tiempo que, a medida que el señor Button se aproximaba, una rara expresión se iba dibujando en su rígida cara de médico.

—¿Qué ha sucedido? —interrogó el señor Button, respirando dificultosamente después de haber corrido—. ¿Cómo estuvo todo? ¿Mi esposa cómo está? ¿Es un niño? ¿Qué ha sido? ¿Qué...?

—Cálmese —dijo el doctor Keene con aspereza. Parecía algo disgustado.

—¿Nació el niño? —preguntó el señor Button como suplicando.

El doctor Keene frunció el ceño.

—Demonios, sí, presumo... en cierta forma. —Y le lanzó nuevamente al señor Button una rara mirada.

—¿Mi esposa está bien?

—Sí.

—¿Es niña o niño?

—¡Y dale! —gritó el doctor Keene en el colmo de su disgusto—. Le suplico que lo vea usted mismo. ¡Es sumamente indignante! —La última palabra casi cupo en una sola sílaba. Después el doctor Keene susurró—: ¿Usted piensa que un caso como este va a mejorar mi reputación profesional? Otro caso similar sería mi completa ruina... sería la ruina de cualquiera.

—¿Qué sucede? —preguntó, horrorizado, el señor Button—. ¿Son trillizos?

—¡No, nada de trillizos! —contestó el médico, tajante—. Usted mismo lo puede ir a ver. Y buscarse otro doctor. Joven, yo lo traje a usted al mundo y durante cuarenta años he sido el médico de su familia, pero he finalizado con usted. ¡No deseo verlo, ni a usted ni a nadie de su familia jamás! ¡Hasta nunca!

Se volvió con brusquedad y, sin agregar palabra, subió a su carruaje, que lo estaba esperando en la calzada, y muy serio se alejó.

Atónito y temblando de pies a cabeza, el señor Button se quedó en la acera. ¿Qué espantosa desgracia había sucedido? De pronto había perdido todo el deseo de entrar en la Clínica Maryland para Damas y Caballeros. Pero un minuto después, haciendo un enorme esfuerzo, se forzó a subir las escaleras y atravesó la puerta principal.

Tras una mesa en la sombra opaca del vestíbulo había una enfermera sentada. El señor Button, venciendo su vergüenza, se le aproximó.

—Muy buenos días —saludó la enfermera, mirándolo amablemente.

—Muy buenos días. Yo soy... Yo soy el señor Button.

Una expresión de espanto se adueñó de la cara de la joven, que de un salto se puso en pie y pareció a punto de salir volando del vestíbulo, gracias a un esfuerzo agotador y evidente se controlaba.

—Quiero conocer a mi hijo —dijo el señor Button.

La enfermera lanzó un grito muy débil.

—¡Claro! —respondió con histerismo—. Arriba. Es al final de las escaleras. ¡Suba!

Con el dedo le indicó la dirección, y el señor Button, empapado en un sudor muy frío, dio media vuelta, indeciso, y comenzó a subir las escaleras. En el vestíbulo de arriba habló con otra enfermera que se le aproximó con una vasija en la mano.

—Yo soy el señor Button —logró articular—. Quiero conocer a mi...

¡Clanc! El recipiente se estrelló contra el suelo y rodó hacia las escaleras. ¡Clanc! ¡Clanc! Comenzó un coordinado descenso, como si participara en el pánico colectivo que había desatado ese caballero.

—¡Quiero conocer a mi hijo! —el señor Button casi estaba gritando. Se encontraba a punto de sufrir un ataque.

¡Clanc! La vasija llegó a la planta baja. La enfermera recobró el dominio de sí misma y miró al señor Button con auténtico desprecio.

—Muy bien, señor Button —concedió con voz apacible—. De acuerdo. ¡Pero si usted supiera cómo estábamos esta mañana todos aquí! ¡Es algo simplemente indignante! Después de esto, la clínica no podrá conservar ni la sombra de su reputación...

—¡Vamos, rápido! —gritó el señor Button, con voz enronquecida—. ¡No puedo aguantar más esta situación!

—Señor Button, venga entonces por aquí.

Se arrastró trabajosamente detrás ella. Llegaron a una sala al final de un largo pasillo de la que brotaba un coro de aullidos, una sala que, de hecho, sería conocida en el futuro como la "sala del llanto". Por fin entraron. Había media docena de cunas con ruedas, esmaltadas de blanco, alineadas a lo largo de las paredes, cada una tenía una etiqueta pegada en la cabecera.

—Muy bien —resopló el señor Button—. ¿Cuál es mi hijo?

—Ese —señaló la enfermera.

La mirada del señor Button siguió la dirección que indicaba el dedo de la enfermera, y esto es lo que observó: casi saliéndose de la cuna, cubierto con una voluminosa manta blanca, estaba sentado un viejo que aparentaba unos setenta años. Sus pocos cabellos eran casi blancos, y de la barbilla le caía una barba muy larga color humo que ondeaba de manera absurda de acá para allá, abanicada por el aire que entraba por la ventana. El anciano miró al señor Button con ojos apagados y marchitos, en los que acechaba una interrogación que no encontraba respuesta.

—¿Pero es que acaso estoy loco? —estalló el señor Button, convirtiendo su miedo en furia—. ¿O la clínica me quiere gastar una broma de pésimo gusto?

—Señor, a nosotros no nos parece que sea ninguna broma —respondió la enfermera duramente—. E ignoro si usted está loco o no, pero lo que es totalmente seguro es que ese es su hijo.

En la frente del señor Button aumentó el sudor frío. Cerró los ojos, los abrió nuevamente y miró. No era una equivocación: miraba a un anciano de setenta años, un recién nacido de setenta años, un recién nacido al que las piernas le sobresalían de la cuna en la que estaba descansando.

El viejo miró apaciblemente a la enfermera y al caballero durante un minuto, y repentinamente habló con voz vieja y cascada:

—¿Tú eres mi padre? —preguntó.

La enfermera y el señor Button se llevaron un susto realmente terrible.

—Porque, si lo eres —continuó el viejo de forma quejumbrosa—, quisiera que me sacaras de este lugar, o por lo menos, que hicieras que me trajeran una mecedora confortable.

—Pero, por Dios, ¿de dónde saliste? ¿Quién eres tú? —explotó, desesperado, el señor Button.

—No puedo decirte con exactitud quién soy —contestó la voz plañidera—, porque solamente hace unas pocas horas que nací. Pero, no hay ninguna duda, mi apellido es Button.

—¡Estás mintiendo! ¡Eres un impostor!

El viejo, cansado, se volvió hacia la enfermera.

—Hermosa manera recibir a un hijo recién nacido —se quejó con voz débil—. ¿Le quiere decir, por favor, que está en un error?

—Señor Button, está en un error —dijo la enfermera con severidad—. Este es su hijo. Usted debería asumir la situación de la mejor forma posible. Nos vemos en la obligación de solicitarle que se lo lleve cuanto antes a casa, por ejemplo, hoy.

—¿Qué dice? ¿A casa? —repitió, con voz incrédula, el señor Button.

—Sí, aquí no lo podemos tener. De verdad, no podemos. ¿Entiende?

—Yo me contentaría mucho —dijo el viejo—. ¡Menudo lugar! Vamos, el lugar perfecto para hospedar a un muchacho de tranquilos gustos. No he logrado pegar un ojo con todos estos llantos y chillidos. Pedí algo de comer —en este instante su voz adquirió una aguda nota de protesta— ¡y me trajeron una botella de leche!

El señor Button se derrumbó en un sillón al lado de su hijo y ocultó la cara entre las manos.

—¡Mi Dios! —susurró, aterrado—. ¿Qué dirá la gente? ¿Qué haré?

—Se lo tiene que llevar a casa —insistió la enfermera—. ¡De inmediato!

Ante los ojos del hombre desesperado se materializó una imagen grotesca con tremenda claridad: una imagen de sí mismo paseando por las colmadas calles de la ciudad con esa espeluznante aparición renqueando junto a él.

—Es que no lo puedo hacer, no puedo —sollozó.

Las personas se detendrían a preguntarle, y ¿qué les iba a decir? Debía presentar a ese... a ese septuagenario: "Este es mi hijo, nació esta mañana muy temprano". Y, bajo la manta, el viejo se acurrucaría y continuarían su camino penosamente, pasando por el frente de las tiendas abarrotadas y el mercado de esclavos (durante un sombrío momento, el señor Button deseó con mucho fervor que su hijo fuera negro), por delante de las fastuosas casas de las zonas residenciales y el asilo de ancianos...

—¡Vamos! ¡Tranquilícese! —dijo la enfermera con autoridad.

—Mire —advirtió súbitamente el anciano—, si usted piensa que me voy a marchar a casa con esta manta, está completamente equivocada.

—Los bebés siempre llevan mantas.

El anciano, con una risa maliciosa sacó un pañal blanco.

—¡Observe! —dijo con voz trémula—. Mire lo que me prepararon.

—Los bebés y los niños pequeños llevan eso siempre —dijo la enfermera melindrosamente.

—Muy bien —dijo el anciano—. Pues, dentro de dos minutos, este bebé no llevará nada puesto. Esta manta pica mucho. Por lo menos me podrían haber dado una sábana.

—¡Déjate la manta! ¡Déjatela! —se apuró a decir el señor Button. Se volvió hacia la enfermera—. ¿Pero qué hago?

—Puede ir hasta el centro y comprarle algo de ropa a su hijo.

La voz del viejo siguió hasta el vestíbulo al señor Button:

—Y un bastón. Cómprame un bastón, papá.

Entonces, dando un terrible portazo, el señor Button salió.

II

—Muy buen día —dijo, nervioso, el señor Button al dependiente de la mercería Chesapeake—. Deseo comprar ropa para mi hijo.

—Señor, ¿qué edad tiene su hijo?

—Solo seis horas —contestó, sin pensárselo dos veces, el señor Button.

—En la parte de atrás está la sección de bebés.

—Bueno, no creo... No estoy muy seguro de lo que estoy buscando. Es... es un bebé extraordinariamente grande. Extraordinariamente... extraordinariamente grande.

—Bueno, allí puede hallar tallas grandes para bebés.

—¿La sección de chicos dónde está? —preguntó el señor Button, cambiando angustiosamente de tema. Le parecía que el dependiente ya se había olido su vergonzoso secreto.

—Aquí mismo, señor.

—Muy bien... —el señor Button titubeó. Le causaba repulsión la idea de vestir a su hijo con ropa de hombre. Si pudiera, por ejemplo, hallar un traje de muchacho grande, muy grande, podría teñir las canas y cortar esa larga y espantosa barba: de esa manera lograría disimular los peores detalles, y preservar un poco de su dignidad, por no mencionar su posición en la sociedad de Baltimore.

Pero fue infructuosa la búsqueda afanosa por la sección de chicos: no halló ropa apropiada para el Button recién nacido. Roger Button culpaba a la tienda, por supuesto... En semejantes casos lo conveniente es culpar a la tienda.

—¿Cuántos años me ha dicho que tiene su hijo? —preguntó, con curiosidad, el dependiente.

—Él tiene... dieciséis años.

—Ah, disculpe. Entendí seis horas. La sección de jóvenes la encontrará en el siguiente pasillo.

El señor Button se alejó con aire afligido. Repentinamente, se detuvo, radiante, e indicó con el dedo hacia un maniquí que estaba en el escaparate.

—¡Ese! —exclamó—. Me voy a llevar ese traje, el que tiene el maniquí.

El dependiente lo miró sorprendido.

—Pero, caballero —refutó—, ese no es un traje para jóvenes. Se lo podría poner un muchacho, es verdad, pero es un disfraz. ¡Usted también se lo podría poner!

—Por favor, envuélvamelo —insistió el señor Button, nervioso—. Es lo que estaba buscando.

El asombrado dependiente hizo lo que le pidió.

El señor Button, de vuelta en la clínica, llegó a la sala de los recién nacidos y casi le lanzó el paquete a su hijo.

—Toma, aquí está la ropa —le dijo.

El viejo desenvolvió el paquete y, con mirada burlona, examinó su contenido.

—Creo que es un poco ridículo —se quejó—. No deseo que me conviertan en un mono de...

—¡Pero tú sí que me has convertido en un mono! —explotó el señor Button—. Es preferible que no pienses en lo ridículo que te ves. Vístete con esa ropa... o te voy a pegar.

Aunque consideraba que era lo que debía decir, le costó mucho pronunciar la última palabra.

—Está bien, padre —era un grotesco fingimiento de respeto filial—. Como tú ordenes. Tú has vivido más, tú sabes más.

El sonido de la palabra "padre", igual que antes, estremeció de manera violenta al señor Button.

—Y vamos, rápido.

—Padre, lo estoy haciendo lo más rápido que puedo.

Cuando su hijo terminó de vestirse, el señor Button lo miró desolado. El traje estaba compuesto de leotardos rosa, calcetines de lunares y una blusa con un amplio cuello blanco y un cinturón. La larga barba blanca, que casi llegaba a la cintura, ondeaba sobre el cuello. Definitivamente no producía buen efecto.

—¡Ya va, espera!

El señor Button cogió unas tijeras de quirófano y cortó gran parte de la barba con tres rápidos tijeretazos. Pero, pese a la mejora, el conjunto estaba demasiado alejado de la perfección. La cabellera enmarañada que todavía quedaba, los ojos acuosos y los dientes de anciano producían un extraño contraste con ese traje tan alegre. Sin embargo, el señor Button era testarudo. Alargó una mano.

—¡Vamos! —dijo severamente.

Su hijo, confiadamente, le cogió de la mano.

—Papi, ¿qué nombre me vas a poner? —preguntó con voz temblorosa, cuando estaban saliendo de la sala de los recién nacidos—. ¿Nene, simplemente, hasta que pienses un nombre mejor para mí?

El señor Button refunfuñó.

—No sé —respondió ásperamente—. Será Matusalén, creo que así te vamos a llamar.

III

No era posible que el señor Button olvidara que su hijo era una triste imitación de un primogénito, incluso después de que al nuevo integrante de la familia Button le cortaran el cabello y se lo tiñeran de un negro descolorido y artificial, lo afeitaran hasta el punto de que el rostro le resplandeciera y lo equiparan con ropa de jovencito hecha a la medida por un sastre atónito. A pesar de estar encorvado por la edad, Benjamin Button —pues este nombre le colocaron, en vez del más adecuado, aunque muy pretencioso, de Matusalén— medía un metro y setenta y cinco centímetros de altura. La ropa no ocultaba la estatura, ni la depilación y el tinte de las cejas escondían el hecho de que los ojos que estaban debajo se encontraban cansados, húmedos y apagados. Y, apenas conoció al recién nacido, la niñera que los Button contrataron se fue de la casa, apreciablemente indignada.

Sin embargo, el señor Button persistió en su inamovible propósito. Benjamin era un niño y como tal tenía que ser tratado. Inicialmente impuso que, si a Benjamin no le agradaba la leche templada, se quedaría sin comer, pero, finalmente, cedió y autorizó que su hijo comiera pan y mantequilla, e incluso, después de un pacto, harina de avena. Llevó un día a casa un sonajero y, entregándoselo a Benjamin, insistió, en términos que no permitían réplica, en que debía jugar con él. El viejo, con expresión de agotamiento, cogió el sonajero, y pudieron escuchar todo el día cómo lo agitaba, obedientemente, de vez en cuando.

Pero no había ninguna duda de que el sonajero lo fastidiaba, y de que cuando estaba solo disfrutaba de otras diversiones mucho más reconfortantes. Un día, por ejemplo, el señor Button descubrió que había fumado la semana anterior muchos más puros de los que estaba acostumbrado, fenómeno que se esclareció días después cuando, al entrar repentinamente en la habitación del niño, lo encontró sumergido en una vaga cortina de humo azulada, mientras Benjamin, con expresión culpable, intentaba ocultar los restos de un habano. Eso exigía, como es lógico, una buena paliza, pero el señor Button se sintió sin fuerzas para darla. Solo se limitó a advertirle a su hijo que el humo detenía el crecimiento.

A pesar de todo, el señor Button persistió en su comportamiento. Llevó a casa soldaditos de plomo, trenes de juguete, enormes y bellos animales de trapo y, para darle autenticidad a la ilusión que estaba creando —por lo menos para sí mismo—, preguntó vehementemente al dependiente de la juguetería si el pato color rosa podría desteñir si el bebé se lo metía en la boca. Pero a Benjamin nada de eso le interesaba, a pesar de los esfuerzos de su padre. Se escapaba por las escaleras de servicio y volvía a su cuarto con un volumen de la *Enciclopedia Británica,* ante el que podía pasar ensimismado toda una tarde, mientras en el suelo reposaban abandonadas las vacas de trapo y el arca de Noé. Los esfuerzos del señor Button fueron inútiles contra una terquedad semejante.

En un primer instante, la sensación que causó en Baltimore fue muy grande. Lo que esa desgracia les podría haber costado a los Button y a sus familiares no lo podemos calcular, porque estalló la Guerra Civil y la atención de los ciudadanos se dirigió hacia otras cuestiones. Hubo personas que, irreprochablemente amables, se devanaron los sesos para felicitar a los padres, y finalmente, se les ocurrió la ingeniosa estrategia de decir que el pequeño era parecido a su abuelo, lo que resultaba innegable, debido a las condiciones de natural decadencia comunes a todos los hombres de setenta años de edad. A Roger Button y su esposa no les gustó, y el abuelo de Benjamin se sintió muy ofendido.

En cuanto salió de la clínica, Benjamin se tomó la vida como venía. Invitaron a varios niños para que jugaran con él, y pasó una tarde fatigosa tratando de encontrarles algún interés a las canicas y al trompo. Se las arregló incluso para romper, casi sin querer, con un tirachinas una ventana de la cocina, hazaña que satisfizo secretamente a su padre. Benjamin, a partir de ese momento, se las ingeniaba para romper todos los días algo, pero hacía cosas así porque era servicial por naturaleza y porque eso era lo que esperaban de él.

Cuando se esfumó la hostilidad inicial de su abuelo, Benjamin y aquel caballero hallaron un inmenso placer en su recíproca compañía. Podían pasarse sentados horas y horas, tan distantes en edad y experiencia, discutiendo como antiguos compañeros, con monotonía inagotable, los lentos sucesos de la jornada. Benjamin se sentía con su abuelo más a sus anchas que con sus padres, que daba la impresión que le tenían una especie de miedo invencible y reverencial, y, pese a la autoridad dictatorial que ejercían, frecuentemente le trataban de usted.

Como cualquiera, Benjamin estaba sorprendido por la avanzada edad mental y física que aparentaba al nacer. Leyó muchas revistas de medicina, pero, por lo que pudo darse cuenta, no se sabía de ningún caso similar al suyo. Hizo sinceros esfuerzos por jugar con otros niños ante la insistencia de su padre y solía participar en los juegos más apacibles. El fútbol lo trastornaba mucho, y temía que, si se fracturaba, sus huesos de anciano se negaran a soldarse.

Lo enviaron a la escuela cuando cumplió cinco años, allí lo iniciaron en el arte de hacer mantelitos de colores, hacer infinitas cenefas y de pegar papel verde sobre papel naranja. Tenía la tendencia a adormilarse, e incluso a dormirse, en medio de esas actividades, hábito que impacientaba y aterrorizaba a su joven maestra. Para el alivio de Benjamin, ella se quejó a sus padres y estos lo sacaron del colegio. Los Button dijeron a sus amigos que el niño era muy pequeño para ir a la escuela.

Los padres ya se habían acostumbrado a su hijo cuando este cumplió doce años. Es tan poderosa la fuerza de la costumbre, que ya no se daban cuenta de que era distinto a los demás niños, excepto cuando alguna curiosa anomalía les recordaba el hecho. Pero pocas semanas después de su duodécimo cumpleaños, mientras se estaba mirando al espejo un día, Benjamin hizo, o creyó hacer, un sorprendente descubrimiento. ¿Los ojos lo estaban engañando o le había cambiado el cabello bajo el tinte, del blanco a un gris acero, en sus doce años de existencia? ¿Ahora era menos pronunciada la red de arrugas de su rostro? ¿Tenía la piel más firme y saludable, incluso con un poco del buen color que da el invierno? No lo podía decir. Sabía que ya no caminaba encorvado y que, desde sus primeros días de nacido, sus condiciones físicas habían mejorado.

—¿Acaso será que...? —pensó en lo más profundo o, más bien, apenas se atrevió a pensar.

Habló con su padre.

—Papá, ya soy mayor —anunció con valor—. Me quiero poner pantalones largos.

Su padre vaciló.

—Bueno —dijo finalmente—, no sé. La edad apropiada para ponerse pantalones largos es a los catorce años, y tú únicamente tienes doce.

—Pero tienes que aceptar —contestó Benjamin— que, para la edad que tengo, estoy demasiado grande.

Fingiendo estar entregado a laboriosos cálculos, su padre lo miró.

—Bueno, no estoy tan seguro de eso —dijo—. A los doce años yo era tan grande como tú.

No era cierto, esa afirmación era parte del pacto secreto que Roger Button hizo consigo mismo para creer en que su hijo era normal.

Finalmente llegaron a un acuerdo. Benjamin seguiría tiñéndose el cabello, pondría más empeño en jugar con los muchachos de su edad y no llevaría bastón por la calle ni usaría los anteojos. Y entonces recibió autorización para su primer traje de pantalones largos a cambio de esas concesiones.

IV

Sobre la vida de Benjamin Button entre los doce y los veinte años no me voy a extender demasiado. Será suficiente recordar que fueron años de decrecimiento normal. Al cumplir los dieciocho, Benjamin estaba tan erguido como un hombre de cincuenta; su paso era firme, tenía más cabello, gris oscuro; su voz ya no tenía el temblor cascado, era más baja ahora, la voz de un barítono sano. De manera que su padre lo mandó a Connecticut para que realizara el examen para ingresar en la Universidad de Yale. Benjamin se convirtió en estudiante del primer curso después que superó el examen.

Recibió, tres días después de matricularse, una notificación del señor Hart, secretario de la Universidad, que lo estaba citando en su oficina para establecer el plan de estudios. Benjamin se miró al espejo: necesitaba teñirse el cabello nuevamente. Pero, después de buscar desesperadamente, descubrió que la botella de tinte marrón no estaba en el cajón de la cómoda. Entonces recordó: se acabó el día anterior y la había tirado.

Estaba en un verdadero apuro. Debía presentarse, dentro de cinco minutos, en el despacho del secretario. No había ninguna solución: tenía que ir tal y como estaba en ese momento. Y fue.

—Muy buenos días —dijo el secretario con mucha educación—. Seguro vino para interesarse por su hijo.

—Bueno, lo cierto es que soy Button —comenzó a decir Benjamin, pero el señor Hart lo interrumpió.

—Es un placer conocerle, señor Button. Espero a su hijo de un instante a otro.

—¡Soy yo! —estalló Benjamin—. Soy estudiante de primer curso.

—¿Cómo?

—Soy estudiante de primero.

—Usted está bromeando, claro.

—Para nada.

El secretario frunció el ceño y miró una ficha que tenía delante.

—Bueno, el señor Benjamin Button tiene dieciocho años, según mis datos.

—Esa es mi edad —confirmó Benjamin, ruborizándose un poco.

El secretario, con un gesto de aburrimiento.

—No va a esperar que me lo crea, ¿verdad?

Benjamin sonrió también con un gesto de fastidio.

—Yo tengo dieciocho años —dijo nuevamente.

Con determinación, el secretario señaló la puerta.

—Fuera de aquí —dijo—. Márchese de la universidad y de la ciudad. Usted es un lunático muy peligroso.

—Pero es que tengo dieciocho años.

El señor Hart abrió la puerta.

—¡Vaya qué ocurrencia! —gritó—. Un hombre de su edad tratando de matricularse en primero. Tiene dieciocho años, ¿verdad? Está bien, le doy exactamente dieciocho minutos para que se marche de la ciudad.

Con dignidad, Benjamin Button abandonó el despacho, y media docena de estudiantes que estaban esperando en el vestíbulo lo siguieron muy intrigados con la mirada. Cuando recorrió unos metros, se volvió y, enfrentándose al furioso secretario que todavía estaba en la puerta, repitió con voz muy firme:

—Yo tengo dieciocho años.

Entre un coro de disimuladas risas, que provenían del grupo de estudiantes, Benjamin se fue.

Pero el destino no quería que escapara tan fácilmente. Se dio cuenta, en su triste paseo hacia la estación de ferrocarril, de que lo estaba siguiendo un grupo, después una turba y, finalmente, una multitud de estudiantes. Se corrió la voz de que un lunático aprobó el examen de ingreso en Yale e intentaba hacerse pasar por un muchacho de dieciocho años. De la universidad se apoderó una exaltación febril. El equipo de fútbol dejó el entrenamiento y se unió a la muchedumbre, hombres sin sombrero se precipitaban fuera de los salones de clases, las esposas de los profesores, con el polisón mal puesto y la cofia torcida, corrían y gritaban tras la comitiva, de la que provenía una serie continua de comentarios dirigidos a los delicados sentimientos de Benjamin Button.

—¡Seguro debe ser el Judío errante!

—¡Debería, a su edad, ir al instituto!

—¡Miren al niño prodigio!

—¡Pensaría que esto era un asilo de ancianos!

—¡Que se marche a Harvard!

Benjamin apresuró el paso y rápidamente comenzó a correr. ¡Ya les iba a enseñar! ¡Iría a Harvard, y se iban a arrepentir de esas burlas irreflexivas!

Ya a salvo en el tren de Baltimore, sacó la cabeza por la ventanilla.

—¡Se van a arrepentir! —gritó.

—¡Ja, ja! —rieron todos—. ¡Ja, ja, ja!

Y esa fue la más grande equivocación que cometió en toda su historia la Universidad de Yale.

V

Benjamin Button tenía veinte años en 1880, y celebró su cumpleaños empezando a trabajar en Roger Button & Company, Ferreteros Mayoristas, la empresa de su padre. También ese año comenzó a participar en eventos de sociedad, es decir, su padre se empeñó en llevarlo a algunos bailes elegantes. Roger Button tenía en ese momento cincuenta años, y él y Benjamin cada vez se entendían mejor. De hecho, desde que Benjamin dejó de teñirse el cabello, aún canoso, podrían haber pasado por hermanos que parecían tener más o menos de la misma edad.

Salieron una noche de agosto en el carruaje con trajes de etiqueta, camino de un baile en la casa de campo de los Shevlin, precisamente a la salida de Baltimore. Era una noche maravillosa. La luna llena, con un apagado color platino, bañaba la carretera y, en el viento inmóvil, la cosecha de flores tardías exhalaba fragancias que eran como suaves risas silenciosas. Los campos, alfombrados de esplendoroso trigo, resplandecían como si fuera de día. No emocionarse ante la belleza del cielo era casi imposible, casi imposible.

—La mercería como negocio tiene un enorme futuro —decía Roger Button. Él no era un hombre espiritual, su sentido de la estética era muy rudimentario—. Ya los viejos no tenemos mucho que aprender —observó intensamente—. Son ustedes los jóvenes, con energía y vigor, los que tienen un gran futuro por delante.

Al final del camino surgieron las luces de la casa de campo de los Shevlin. Les llegaba ahora un rumor, parecido a un suspiro inacabable: podía tratarse de la queja de los violines o el murmullo del plateado trigo bajo la luna.

Se pararon detrás de un elegante carruaje cuyos pasajeros bajaban ante la puerta. Descendió una dama, la siguió un caballero de edad mediana y, finalmente apareció otra dama, una muchacha hermosa como el pecado. Benjamin sintió un sobresalto, fue como si cada partícula de su cuerpo se disolviera y recompusiera por una transformación química. De él se apoderó cierta rigidez, la sangre se le agolpó en la frente y en las mejillas, y sintió el palpitar incesante de la sangre en los oídos. Llegó el primer amor.

La joven era delgada y frágil, de cabellos color miel bajo las chisporroteantes lámparas del pórtico y cenicientos a la luz de la luna. Sus pies eran resplandecientes capullos que asomaban bajo el traje con polisón y llevaba echada sobre los hombros una mantilla española del amarillo más pálido, con bordados en negro.

Roger Button se aproximó de manera confidencial a su hijo.

—Ella —dijo— es la hija del general Moncrief, la joven Hildegarde Moncrief.

Benjamin asintió fríamente.

—Una criatura hermosa —dijo con un tono de indiferencia. Pero, apenas el sirviente negro se llevó el carruaje, agregó—: Papá, podrías presentármela.

Se aproximaron a un grupo en cuyo centro estaba la señorita Moncrief. Ella se inclinó ante Benjamin, porque había sido educada según las antiguas tradiciones. Sí, le iba a conceder un baile. Benjamin le agradeció y, tambaleándose, se alejó.

La espera se hizo interminablemente larga hasta que llegó su turno. Callado, inescrutable, Benjamin se quedó cerca de la pared mirando con ojos asesinos a los jóvenes aristocráticos de Baltimore que, con caras de apasionada admiración, revoloteaban alrededor de Hildegarde Moncrief. ¡Qué aborrecibles le parecían a Benjamin, qué inaguantablemente sonrosados y lozanos! Esas barbas rizadas y morenas le producían una sensación similar a la indigestión.

Pero la ansiedad y los celos se derritieron igual que un manto de nieve cuando llegó su turno y se deslizaba con ella, al compás del último vals de París, por la movediza pista de baile. Hechizado, ciego de placer, sintió que la vida estaba comenzando en ese instante.

—Su hermano y usted llegaron cuando llegábamos nosotros, ¿no? —preguntó Hildegarde, mirándolo con ojos que resplandecían como esmalte azul.

Benjamin titubeó. Si Hildegarde pensaba que era hermano de su padre, ¿debía aclarar la confusión? Decidió no hacerlo, porque recordó su experiencia en Yale. Contradecir a una dama sería una falta de cortesía, sería un verdadero crimen echar a perder esa maravillosa oportunidad con la grotesca historia de su nacimiento. Después, tal vez. De manera que asintió, sonrió, escuchó, fue dichoso.

—Me agradan los caballeros de su edad —decía Hildegarde—. Los muchachos son tan bobos... Solo me cuentan cuánto dinero perdieron jugando a las cartas y cuánto champán tomaron en la universidad. En cambio, los caballeros de su edad saben apreciar a las damas.

En ese instante, Benjamin sintió que estaba a punto de declararse. Con mucho esfuerzo, controló la tentación.

—Usted está en la edad del romanticismo —siguió Hildegarde—, cincuenta años. Los hombres son muy mundanos a los veinticinco. A los treinta están abrumados por el trabajo excesivo. Los cuarenta son la edad de las historias extensas, para narrarlas se requiere un puro entero. Los sesenta... Ah, los sesenta están muy próximos de los setenta, pero los cincuenta son la edad de la plena madurez. Me fascinan los cincuenta.

A Benjamin los cincuenta le parecieron una edad gloriosa. Quiso apasionadamente tener cincuenta años.

—Lo he dicho siempre —continuó Hildegarde—: prefiero contraer matrimonio con un hombre de cincuenta años y que me cuide, a hacerlo con uno de treinta al que yo tenga que cuidar.

Para Benjamin lo que quedaba de la velada estuvo bañado por una bruma color miel. Bailó con Hildegarde en dos ocasiones más y descubrieron que en todos los temas actuales estaban magníficamente de acuerdo. El domingo pasearían en calesa y hablarían con más detenimiento.

Volviendo a casa en el carruaje, justo antes de que rompiera el alba, cuando comenzaban a zumbar las primeras abejas y la luna consumida resplandecía con debilidad en la neblina fría, Benjamin se dio cuenta, vagamente, de que su padre hablaba de ferretería al por mayor.

—Además de los martillos y los clavos, ¿qué asunto propones que tratemos? —decía el señor Button.

—Hablemos de los besos —contestó distraído, Benjamin.

—¿De los pesos? —exclamó Roger Button—. ¡Pero si hace poco hablé de pesos y básculas!

Aturdido, Benjamin lo miró y hacia el este el cielo reventó de luz, y entre los árboles que pasaban rápidamente bostezó una oropéndola...

VI

Seis meses más tarde, cuando se conoció la noticia del matrimonio entre la señorita Hildegarde Moncrief y el señor Benjamin Button (y digo "se conoció la noticia" debido a que el general Moncrief expresó que, antes que anunciarlo, prefería arrojarse sobre su espada), la alta sociedad de Baltimore alcanzó niveles febriles de conmoción. La ya casi olvidada historia del nacimiento de Benjamin fue recordada y divulgada, escandalosamente, a los cuatro vientos de las maneras más increíbles y picarescas. Se dijo que, realmente, Benjamin era el padre de Roger Button, que era un hermano que pasó cuarenta años en prisión, que era el mismísimo John Wilkes Booth disfrazado... y que en su cabeza despuntaban dos pequeños cuernos.

El caso fue explotado por los suplementos dominicales de los diarios de Nueva York con fascinantes ilustraciones que mostraban la cabeza de Benjamin Button articulada al cuerpo de una culebra o de un pez, o rematando una estatua de bronce. En el mundo periodístico llegó a ser conocido como "El hombre misterioso de Maryland". Pero la auténtica historia, como suele ser natural, casi no tuvo difusión.

Todos, como quiera que fuera, coincidieron con el general Moncrief: era un verdadero crimen que una joven bella y encantadora, que podía haber contraído matrimonio con el mejor galán de Baltimore, se lanzara en brazos de un hombre que tenía cincuenta años por lo menos. Fue inútil que el señor Roger Button publicara en el *Blaze de Baltimore,* en enormes caracteres, el certificado de nacimiento de su hijo. Pero nadie lo creyó. Era suficiente con tener ojos en la cara y mirar a Benjamin.

Por lo que respecta a las dos personas a quienes más atañía el tema, no hubo ninguna duda. Acerca de su futuro esposo circulaban tantas historias falsas, que Hildegarde se negó terminantemente a creer la auténtica. Fue en vano que el general Moncrief le hablara sobre el elevado índice de mortalidad entre los hombres de cincuenta años, o al menos, entre los hombres que parecían de cincuenta años; y en vano que le comentara sobre la inestabilidad del negocio de la ferretería al por mayor. Hildegarde escogió contraer matrimonio con la madurez... y lo hizo.

VII

Los amigos de Hildegarde Moncrief se equivocaron al menos en algo. El negocio de ferretería al por mayor prosperó de forma sorprendente. La riqueza familiar se había duplicado, gracias en buena medida, al integrante más joven de la firma, en los quince años que transcurrieron entre el casamiento de Benjamin Button, en 1880, y la jubilación de su padre, en 1895.

No hay que comentar que Baltimore terminó recibiendo a la pareja en su seno. Incluso el viejo general Moncrief se reconcilió con su yerno cuando Benjamin le entregó el dinero necesario para publicar su *Historia de la Guerra Civil* en treinta volúmenes, que antes fue rechazada por nueve editores muy destacados.

En el propio Benjamin quince años provocaron demasiados cambios. Le daba la impresión de que la sangre le corría por las venas con nueva energía. Comenzó a gustarle levantarse por la mañana, caminar por la calle concurrida y soleada con paso enérgico, trabajar infatigablemente en sus cargamentos de clavos y sus envíos de martillos. En 1890 fue cuando logró su más grande éxito en los negocios: lanzó la célebre idea de que todos los clavos utilizados para clavar cajas destinadas al transporte de clavos le pertenecen al transportista, propuesta que fue aprobada por el presidente del Tribunal Supremo, el señor Fossile, con rango de proyecto de ley, y ahorró más de seiscientos clavos al año a Roger Button & Company, Ferreteros Mayoristas.

Y Benjamin descubrió que, cada vez más, lo atraía el lado alegre de la vida. Característico de su progresivo entusiasmo por el disfrute fue el hecho de que se convirtiera en el primer hombre de la ciudad de Baltimore que fue dueño de un coche y lo manejó. Sus coetáneos lo miraban con envidia cuando se topaban con él por la calle, tal era su imagen de vigor, salud y fortaleza.

"Da la impresión de que cada día estuviera más joven", comentaban. Y si el anciano Roger Button, actualmente de sesenta y cinco años, no había sabido darle a su hijo una apropiada bienvenida, terminó reparando su falla llenándolo de atenciones que rozaban el halago.

Llegamos a un punto muy poco agradable sobre el que pasaremos lo más rápido que podamos. Únicamente una cosa le causaba preocupación a Benjamin Button, su esposa dejó de atraerle.

Hildegarde, en aquel tiempo, era una mujer que tenía treinta y cinco años, con un hijo de catorce, Roscoe. Benjamin había sentido verdadera idolatría por ella en los primeros días de su matrimonio. Sin embargo, con los años, su cabellera color miel se transformó en castaño vulgar, y el esmalte azul de sus ojos obtuvo la apariencia de la porcelana barata. Y por encima de todo, además, Hildegarde había ido moderando sus hábitos: excesivamente apacible, excesivamente satisfecha, muy anémica en sus expresiones de entusiasmo, sus gustos eran sumamente sobrios. Ella era la que arrastraba a Benjamin a bailes y cenas cuando eran novios, pero actualmente era al contrario. Siempre, Hildegarde lo acompañaba en sociedad, pero sin ningún entusiasmo, consumida ya por esa eterna apatía que un día viene a vivir con nosotros y se queda a nuestro lado hasta el fin.

La falta de satisfacción de Benjamin se hizo cada vez más honda. Cuando en 1898 estalló la Guerra Hispano-

Norteamericana, decidió enrolarse en el ejército porque su casa le ofrecía muy pocos atractivos. Obtuvo el grado de capitán gracias a su influencia en el campo de los negocios, y demostró tanta eficacia que lo ascendieron a mayor y finalmente a teniente coronel, justo a tiempo para ser parte de la célebre carga contra la colina de San Juan. Lo hirieron levemente y fue merecedor de una medalla.

Benjamin estaba tan apegado a las acciones y las emociones del ejército, que lamentó tener que darse de baja, pero los negocios requerían su atención, de manera que volvió a su ciudad después que renunció a los galones. Cuando llegó a la estación, una banda de música lo recibió y lo escoltó hasta su hogar.

VIII

Ondeando una enorme bandera de seda, Hildegarde, lo recibió en el porche y Benjamin sintió que el corazón le daba un vuelco en el preciso instante de besarla, esos tres años habían tenido un precio. Ahora Hildegarde era una mujer de cuarenta años y en su cabello ya se insinuaba una ligera sombra gris. El descubrimiento lo afligió.

Se miró en el espejo cuando llegó a su cuarto, se aproximó más y examinó su rostro con ansiedad, comparándolo con una fotografía de antes de la guerra, una fotografía en la que aparecía en uniforme.

—¡Santo Dios! —exclamó en voz alta. El proceso seguía. No había la más pequeña duda, ahora parecía un hombre de treinta años. Definitivamente estaba rejuveneciendo y esto, en vez de contentarlo, lo preocupó mucho.

Había creído hasta entonces que, cuando llegara a una edad física equivalente a su edad en años, acabaría el grotesco fenómeno que caracterizó su nacimiento. Sintió un estremecimiento. Le pareció que su destino era espantoso e increíble.

Entonces volvió a la planta principal. Hildegarde estaba esperándolo, parecía disgustada y Benjamin se preguntó si habría descubierto finalmente que estaba sucediendo algo malo. Y tratando de calmar la tensión, abordó el tema durante la comida, de la forma más delicada que pudo.

—Muy bien —dijo en tono desenfadado—, todos comentan que ahora parezco más joven que nunca.

Hildegarde lo miró desdeñosamente. Y gimió.

—¿Y crees que es algo de lo que presumir?

—Yo no estoy presumiendo —aseveró Benjamin, un poco incómodo.

Ella gimió nuevamente.

—Pero vaya idea —dijo, y añadió un segundo después—, pensaba que tendrías el suficiente amor propio como para terminar con esto.

—¿Pero y cómo? —preguntó Benjamin.

—No discutiré contigo —contestó su esposa—. Pero hay un modo apropiado de hacer las cosas y un modo equivocado. Si tú decidiste ser diferente a todos, supongo que no te lo puedo impedir, pero lo cierto es que no me parece muy considerado de parte tuya.

—Pero, Hildegarde, ¡yo nada puedo hacer!

—Claro que puedes. Pero eres un hombre obstinado, únicamente eso. Estás convencido de que tienes que ser diferente. Siempre has sido así y seguirás siendo. Pero piensa, solamente un instante, qué sucedería si todos compartieran tu forma de ver las cosas... ¿Cómo sería el mundo?

Era una discusión inútil, estéril, sin solución, de manera que Benjamin no respondió, y desde aquel momento empezó a abrirse entre ellos un enorme abismo. Benjamin se preguntaba qué hechizo podía haber ejercido Hildegarde sobre él en otra época.

Y para profundizar la brecha, Benjamin se dio cuenta de que su sed de diversiones se hacía más fuerte a medida que avanzaba el nuevo siglo. En Baltimore no había fiesta en la que no se le viera bailar con las mujeres casadas más bellas y conversar con las debutantes más solicitadas, disfrutando de los encantos de su compañía, al tiempo que su esposa, igual que una viuda de mal agüero, se sentaba entre las tías y las madres vigilantes, para observarlo con arrogante desaprobación o seguirlo con mirada solemne, confusa y acusadora.

—¡Mira eso! —decía la gente—. ¡Es una verdadera lástima! Un muchacho de esa edad casado con una mujer que tiene cuarenta y cinco años. Por lo menos debe tener veinte años menos que su esposa.

Ya no recordaban —porque, inevitablemente, las personas olvidan— que también sus papás y mamás ya habían hecho comentarios en 1880 sobre ese matrimonio disparejo.

Pero la enorme variedad de sus recientes aficiones compensaba la progresiva desdicha hogareña de Benjamin. Descubrió el golf, y logró muchos éxitos. También se entregó en cuerpo y alma al baile: en 1906 era un experto en "El boston", y en 1908 era considerado un experto del "Maxixe", mientras que en 1909 su "Castle Walk" fue la envidia de todos los muchachos de la ciudad.

Lógicamente, su vida social se mezcló, hasta cierto punto, con sus negocios, pero ya tenía veinticinco años dedicado a la ferretería al por mayor y consideró que ya iba siendo hora de que su hijo Roscoe, que había culminado sus estudios en Harvard, se encargara del negocio.

Y, de hecho, frecuentemente confundían a Benjamin con su hijo. A Benjamin le agradaba tanto semejante confusión, que rápidamente olvidó el insidioso temor que lo había invadido cuando volvió de la Guerra Hispano-Norteamericana, ahora su apariencia le producía un ingenuo placer. Aquel delicioso bálsamo únicamente tenía una contraindicación: aborrecía aparecer en público con su esposa. Hildegarde ya tenía casi cincuenta años y se sentía totalmente absurdo cuando la miraba.

IX

Pocos años después de que el joven Roscoe Button se encargara de la Roger Button & Company, Ferreteros Mayoristas, un día de septiembre de 1910, un hombre que parecía tener unos veinte años se inscribió como estudiante de primer curso en la Universidad de Harvard, en Cambridge. No cometió la equivocación de anunciar que jamás cumpliría los cincuenta nuevamente, ni tampoco mencionó el hecho de que su hijo había obtenido, diez años antes, su licenciatura en la misma institución.

Fue aceptado y, casi desde el primer día, logró en su curso una relevante posición, en parte porque parecía un poco mayor que los demás alumnos de primero, cuya media de años rondaba los dieciocho.

Pero su éxito se debió primordialmente al hecho de que jugó de manera tan brillante, con tanta energía y tanta furia implacable y fría, en el partido de fútbol contra Yale que marcó a favor de Harvard siete touchdowns y catorce goles de campo, y logró que los once hombres de Yale fueran sacados, inconscientes, uno a uno del campo. Se transformó en el estudiante más famoso de la universidad.

En tercer año, aunque parezca extraño, apenas si pudo ser capaz de ser miembro del equipo. Los entrenadores dijeron que perdió peso y los más observadores repararon en que ya no era tan alto como antes. Benjamin ya no marcaba *touchdowns*. Solo lo mantenían en el equipo con la esperanza de que su gran reputación sembrara la desorganización y el pánico en el equipo de Yale.

Ni siquiera lo incluyeron en el equipo en el último año. Se había vuelto tan delgado y débil que un día unos alumnos de segundo lo confundieron con un novato, un hecho que lo humilló intensamente. Comenzó a ser conocido como una clase de prodigio —un estudiante de los últimos cursos que tal vez no tenía más de dieciséis años— y frecuentemente la vida mundana de algunos de sus compañeros lo escandalizaba. Los estudios le parecían mucho más difíciles, muy avanzados. Había escuchado a sus compañeros hablar del San Midas, célebre colegio preuniversitario, en el que muchos de ellos se prepararon para la Universidad y decidió que, cuando culminara la licenciatura, se inscribiría en el San Midas, donde, entre muchachos de su misma complexión, la vida sería más agradable y estaría más protegido.

Acabó los estudios en 1914 y volvió, con el título de Harvard en el bolsillo, a su casa en Baltimore. Ahora Hildegarde vivía en Italia, de manera que Benjamin se fue a vivir con Roscoe, su hijo. Pero, a pesar de que fue recibido como de costumbre, era notorio que el cariño de su hijo se había enfriado, incluso mostraba cierta tendencia a considerar a Benjamin un estorbo cuando deambulaba por la casa víctima de tristezas de adolescente. Roscoe ocupaba un lugar destacado en la vida social de Baltimore, se había casado y no deseaba que se produjera el más mínimo escándalo alrededor de su familia.

Benjamin ya no era alguien grato entre los universitarios más jóvenes y las debutantes, y se sentía desamparado y muy solo, excepto por la compañía de tres o cuatro muchachos de catorce o quince años que vivían en la vecindad. Entonces, recordó el plan de ir al colegio de San Midas.

—Mira —le dijo un día a Roscoe—, ¿cuántas veces te tengo que decir que deseo ir al colegio?

—Muy bien, entonces ve —resumió Roscoe. El tema no le agradaba y quería evitar la discusión.

—Yo no puedo ir solo —dijo Benjamin, vulnerable—. Debes llevarme tú y matricularme.

—Es que no tengo tiempo —dijo Roscoe bruscamente. Entrecerró los ojos y miró a su padre con preocupación—. El caso es —agregó— que ya está bueno, podrías detenerte ya, ¿no? Sería preferible... —se interrumpió y, mientras buscaba las palabras, su rostro enrojeció—. Debes dar un giro de ciento ochenta grados, comenzar otra vez, pero en dirección opuesta. Esto ya ha ido muy lejos para ser una broma. Ya no tiene ninguna gracia. Tú... ¡Ya es hora de que te comportes bien!

Benjamin, a punto de llorar, lo miró.

—Y además —siguió Roscoe—, quiero que me llames tío, no Roscoe, sino tío, cuando haya visitas en casa, ¿entiendes? Es absurdo que un muchacho de quince años me llame por mi nombre. Tal vez harías bien en decirme tío siempre, de esa manera te acostumbrarías.

Roscoe, después de mirar con severidad a su padre, le dio la espalda.

X

Benjamin, muy afligido, subió a su habitación cuando acabó esta discusión y se miró al espejo. Desde hacía tres meses no se afeitaba, pero apenas si se descubría en el rostro una pelusilla sin color, que no valía la pena tocar. Cuando la primera vez que, en vacaciones, volvió de Harvad, Roscoe se atrevió a sugerirle que debería llevar una barba postiza pegada a las mejillas y anteojos, por un instante pareció que se iba a repetir la farsa de sus primeros años. Pero la barba le daba vergüenza y le picaba. Benjamin lloró y Roscoe cedió a regañadientes.

Benjamin abrió un libro de cuentos para niños titulado *Los* boy scouts *en la bahía de Bimini,* y empezó a leer. Pero no se podía quitar la guerra de la cabeza. Estados Unidos se había unido a la causa aliada hacía un mes y Benjamin se quería alistar, pero, ¡Ay!, la edad mínima eran dieciséis años, y Benjamin no aparentaba tenerlos. De cualquier manera, cincuenta y cinco años, su edad verdadera, también lo incapacitaba para el ejército.

Entonces tocaron a la puerta y el mayordomo apareció con una carta con un enorme membrete oficial en una esquina, que estaba dirigida al señor Benjamin Button. Rasgando el sobre con impaciencia, Benjamin la abrió y leyó la misiva con deleite: varios militares de alta graduación, en este momento en la reserva, que prestaron servicio durante la guerra con España, estaban siendo convocados, con un rango superior, al servicio. Se adjuntaba con la carta su nombramiento como general de brigada del ejército de Estados Unidos y la orden de incorporarse de inmediato.

De un salto, Benjamin se puso en pie casi temblando de entusiasmo. Eso era lo que había deseado. Cogió su gorra y diez minutos más tarde entraba en una enorme sastrería de Charles Street y, con voz insegura de tiple, solicitaba que le tomaran medidas para el uniforme.

—Niño, ¿quieres jugar a los soldados? —preguntó, con indiferencia, un dependiente.

Benjamin se puso rojo.

—¡Oiga! ¡A usted no le interesa lo que yo quiera! —respondió con furia—. Mi nombre es Button y vivo en la Mt. Vernon Place, así que ya sabe quién soy yo.

—Muy bien —aceptó el dependiente, dudando—, al menos sé quién es su padre.

Entonces le tomaron las medidas y el uniforme estuvo listo una semana después. Para conseguir los galones e insignias de general tuvo algunos inconvenientes, porque el comerciante insistía en que una bella insignia de la Asociación de Jóvenes Cristianos sería mucho mejor para jugar y quedaría igual de bien.

Benjamin, sin decirle nada a Roscoe, salió una noche de casa y se trasladó en tren a Camp Mosby, en Carolina del Sur, donde tenía que asumir el comando de una brigada de infantería. Benjamin llegó a las puertas del campamento, en un caluroso día de abril, pagó el taxi que lo había llevado hasta allí desde la estación y habló con el centinela de guardia.

—¡Que venga alguien a recoger mi equipaje! —dijo con energía.

El centinela lo observó con mala cara.

—Niño —dijo—, ¿dime adónde vas disfrazado de general?

Echando chispas por los ojos, Benjamin, veterano de la Guerra Hispano-Norteamericana, se volvió hacia el soldado, pero desgraciadamente, con voz insegura y aguda.

—¡Soldado, cuádrese! —trató de decir con voz de trueno; hizo una pausa para recuperar el aliento y de inmediato vio cómo el guardia entrechocaba los talones y presentaba armas. Benjamin ocultó una sonrisa de satisfacción, pero la sonrisa se le congeló en los labios cuando miró a su alrededor. La causa de ese gesto de obediencia no había sido él, sino un imponente coronel de artillería que se aproximaba a caballo.

—¡Coronel! —llamó, con voz aguda, Benjamin.

El coronel se aproximó, tiró de las riendas y lo miró desde lo alto con frialdad, con un raro centelleo en los ojos.

—Niño, ¿tú quién eres? ¿Quién es tu padre? —preguntó cariñosamente.

—Yo ya le voy a enseñar quién soy —respondió Benjamin con voz fiera—. ¡Baje del caballo de inmediato!

El coronel se echó a reír a carcajadas.

—Quieres que te dé mi caballo, ¿eh, general?

—¡Tome! —gritó Benjamin con exasperación—. ¡Lea esto! —y extendió su nombramiento al coronel.

Los ojos del coronel se le salían de las órbitas mientras lo leía.

—¿Dónde lo obtuviste? —preguntó, mientras se metía el documento en su bolsillo.

—¡Me lo mandó el Gobierno, como usted descubrirá de inmediato!

—¡Ven conmigo! —dijo, con extraña mirada, el coronel—. Hablaremos en el puesto de mando. Venga, vamos.

Al paso, el coronel dirigió su caballo hacia el puesto de mando. Y Benjamin no tuvo más opción que seguirlo con toda la dignidad de la que era capaz, prometiéndose, a la vez, una venganza muy dura.

Sin embargo, la venganza no se llegó a materializar. Dos días más tarde llegó, acalorado y de pésimo humor por el viaje imprevisto, su hijo Roscoe desde Baltimore y escoltó, sin uniforme y de vuelta a casa, al lloroso general.

XI

El primer hijo de Roscoe Button nació en 1920. A nadie se le ocurrió mencionar durante las fiestas de rigor que el niño mugriento que parecía tener unos diez años de edad y jugaba por la casa con un circo en miniatura y soldaditos de plomo era el propio abuelo del recién nacido.

Ese chiquillo de rostro fresco y alegre, en el que a veces se adivinaba una sombra de tristeza, no molestaba a nadie, sin embargo, para Roscoe Button su presencia era una fuente de preocupaciones. Roscoe, en el lenguaje de su generación, no consideraba que el tema reportara la más mínima utilidad. Consideraba que su padre, negándose a parecer un viejo de sesenta años, no actuaba como un "hombre de pelo en pecho" —esta era la expresión predilecta de Roscoe—, sino de una forma estrafalaria y perversa. Lo ponía al borde de la locura pensar más de media hora en ese asunto. Roscoe consideraba que los "hombres con nervios de acero" se debían conservar jóvenes, pero llevar las cosas a semejante extremo... no reportaba ningún beneficio. Y Roscoe interrumpía sus pensamientos en este punto.

Cinco años después, el hijo de Roscoe había crecido lo suficiente para jugar, bajo la supervisión de la misma niñera, con el pequeño Benjamin. Roscoe los llevó a ambos el mismo día al parvulario y Benjamin descubrió que el juego más fascinante del mundo era jugar con tiras de papel de colores, y hacer mantelitos y cenefas, y curiosos y hermosos dibujos. Una vez se comportó mal y se tuvo que quedar en un rincón, y lloró, pero las horas en esa habitación alegre, donde la luz del sol entraba por las ventanas y la afectuosa mano de la señorita Bailey de vez en cuando se posaba sobre su cabello despeinado, casi siempre transcurrían felices.

El hijo de Roscoe pasó a primer grado un año después, pero Benjamin siguió en el parvulario. Era muy dichoso. En ocasiones, cuando otros niños hablaban de lo que harían cuando fueran grandes, una sombra atravesaba su carita como si de una manera imprecisa, inocente, se diera cuenta de que eran cosas que él jamás iba a compartir.

Los días transcurrían con alegre monotonía. Volvió al parvulario por tercer año, pero ya era muy pequeño para comprender para qué eran útiles las llamativas y brillantes tiras de papel. Siempre lloraba porque los demás niños eran mayores y lo asustaban. La maestra habló con él, pero, aunque trató de entender, no entendió nada.

Entonces lo sacaron del parvulario. Nana, su niñera, con su uniforme almidonado, pasó a ser el centro de su pequeñísimo mundo. Iban de paseo al parque los días de sol. Con el dedo, Nana le señalaba un gran monstruo gris y decía "elefante", y Benjamin debía repetir la palabra. Y esa noche, mientras le quitaban la ropa para acostarlo, la repetiría en voz alta una y otra vez: "lefante, lefante, le-fante". En algunas ocasiones, Nana lo dejaba saltar en la cama y entonces se lo pasaba muy bien, porque lograbas un efecto vocal intermitente muy agradable si te sentabas exactamente como debías, rebotabas, y si, mientras dabas saltos, decías "ah" durante mucho tiempo.

Le encantaba coger del perchero un enorme bastón y ca-minar de acá para allá golpeando mesas y sillas, y diciendo: "Pelea, pelea, pelea". Si había visita, las muchachas trata-ban de besarlo, a lo que él se sometía con un leve fastidio, y las señoras mayores chasqueaban la lengua a su paso, lo que le llamaba la atención. Y, cuando el extenso día finalizaba, Nana lo llevaba arriba a las cinco en punto, y le daba unas papillas estupendas y cucharadas de harina de avena.

En su sueño infantil no había malos recuerdos, ya no tenía recuerdos de sus maravillosos días universitarios ni de los espléndidos años en que rompía el corazón de tantas jóvenes. Únicamente existían las seguras y blancas paredes de su cuna, y Nana y un hombre que venía a visitarlo de vez en cuando, y una gigantesca esfera anaranjada, que Nana le mostraba un segundo antes del crepúsculo y la hora de dormir, a la que Nana le daba el nombre de sol.

Cuando desaparecía el sol, los ojos de Benjamin, soñolientos, se cerraban... Y no existían los sueños, ningún sueño venía a alterarlo.

El pasado, la carga salvaje contra la colina de San Juan al frente de sus hombres, los años iniciales de su matrimonio, cuando se quedaba trabajando hasta muy tarde en los anocheceres de verano de la ciudad activa, trabajando por su joven esposa Hildegarde quien amaba, y antes, esos días en que, hasta bien entrada la noche, se sentaba a fumar con su abuelo en Monroe Street, en la vieja y lúgubre casa de los Button... Todo se había esfumado como un frágil sueño, pura imaginación, como si jamás hubiera existido.

No recordaba nada. No se acordaba con nitidez si la leche de su última comida estaba fría o templada, ni siquiera del paso de los días... Únicamente existían la presencia familiar de Nana y su cuna. Y, además de eso, no recordaba absolutamente nada. Lloraba cuando tenía hambre, eso era todo. Respiraba durante las tardes y las noches, y lo envolvían olores casi indistinguibles, y luz y oscuridad, y suaves susurros y murmullos que apenas escuchaba.

Después todo fue oscuridad, y acabaron de desvanecerse su blanca cuna y las caras borrosas que se movían por encima de él, y el dulce y tibio aroma de la leche.

Volver a Babilonia

I

—¿El señor Campbell dónde está? —preguntó Charlie.

—Se marchó a Suiza. Señor Wales, el señor Campbell está muy enfermo.

—Cuánto lo lamento. ¿Y está George Hardt? —preguntó Charlie.

—Volvió a Estados Unidos, a trabajar.

—¿Y el Pájaro de las Nieves dónde está?

—La semana pasada estuvo aquí. De todas formas, el señor Schaeffer, su amigo, se encuentra en París.

Entre la extensa lista de hacía año y medio había dos nombres conocidos. Charlie garabateó una dirección en su libreta y arrancó la página.

—Si viene el señor Schaeffer, entréguele esto —dijo—. Esta es la dirección de mi cuñado. Aún no tengo hotel.

Realmente no sentía mucha decepción por encontrar París tan solitario. Pero en el bar del hotel Ritz el silencio resultaba raro, asombroso. Ya no era un bar estadounidense: Charlie lo encontraba muy encopetado, ya no se sentía allí igual que en su casa. El bar volvió a ser francés. Desde el instante en que se bajó del taxi había notado el silencio y vio al portero, que a aquellas horas acostumbraba a estar sumergido en una actividad frenética, hablando con un *chasseur* al lado de la puerta de servicio.

En el pasillo solamente escuchó una voz aburrida en los aseos de señoras, en otra época demasiados ruidosos. Y al entrar al bar, recorrió con los ojos fijos los siete metros de alfombra verde, mirando al frente, según un viejo hábito; y después, con el pie apoyado con firmeza en la base de la barra del bar, se volvió e inspeccionó la sala, y únicamente encontró en un rincón una mirada que abandonó un momento la lectura del diario. Charlie preguntó por Paul, el jefe de camareros, que en los últimos días en que la Bolsa continuaba ascendiendo iba al trabajo en un coche fuera de serie, fabricado por encargo, a pesar de que lo dejaba, con mucho tacto, en una esquina cercana. Pero ese día Paul se encontraba en su casa de campo y fue Alix quien le dio toda la información.

—Bueno, ya está bien —dijo Charlie—, me tomaré las cosas con tranquilidad.

Alix lo felicitó:

—A a toda velocidad. Hace dos años.

—Aún aguanto perfectamente —aseveró Charlie—. Llevo un año y medio aguantando.

—¿Qué piensa sobre la situación en Estados Unidos?

—Yo no voy a Estados Unidos desde hace meses. Tengo algunos negocios en Praga, donde soy representante de un par de firmas. Allá no me conocen.

Alix esbozó una sonrisa.

—¿Se acuerda de la noche de la despedida de soltero de George Hardt? —dijo Charlie—. A propósito, ¿qué ha pasado con Claude Fessenden?

Alix, a manera confidencial, bajó la voz:

—Ya no viene por aquí, él vive en París. Paul no lo deja. Acumuló una deuda de treinta mil francos, cargando todas las bebidas y comidas en su cuenta y, casi diariamente, también las cenas de más de un año. Y cuando Paul le exigió finalmente que pagara, le entregó un cheque sin fondos.

Con aire afligido, Alix movió la cabeza.

—No lo comprendo, era un auténtico dandi. Y ahora está abotargado, hinchado... —dibujó una gorda manzana con las manos.

Charlie miró a un ruidoso grupo de homosexuales que estaban sentados en un rincón.

"No les afecta nada", pensó. "Las personas holgazanean o trabajan, las acciones suben y bajan, pero esos siguen igual que siempre".

El bar lo oprimía mucho. Pidió los dados y los jugó por el trago con Alix.

—Señor Wales, ¿va a estar aquí mucho tiempo?

—Estaré cuatro o cinco días para visitar a mi hija.

—¡Ah! ¿Usted tiene una hija?

Entre la lluvia tranquila, resplandecían turbiamente en la calle los anuncios luminosos rojos, verde fantasma o azul de gas. La tarde finalizaba y había un enorme movimiento en las calles. Los *bistrós* fulguraban. Tomó un taxi en la esquina del Boulevard des Capucines. Ante sus ojos apareció, majestuosamente rosa, la Place de la Concorde; atravesaron el lógico Sena, y Charlie sintió el inesperado ambiente provinciano de la *Rive Gauche*.

Le dijo al taxista que se dirigiera a la Avenue de l'Opera, que estaba fuera de su camino. Pero deseaba observar cómo la hora azul se extendía sobre la maravillosa fachada e imaginar que las bocinas de los taxis, tocando interminablemente los primeros compases de *La plus que lent*, eran las trompetas del Segundo Imperio. Ya había personas cenando tras el seto elegante y pequeño burgués del restaurante Duval y ya estaban cerrando las persianas metálicas de la librería Brentano. Jamás había comido en París en un restaurante realmente barato. Cuatro francos y medio, una cena de cinco platos, con vino incluido. Por alguna razón extraña quiso haberlo hecho.

Al tiempo que continuaban recorriendo la *Rive Gauche*, con esa sensación de provincianismo inesperado, pensaba: "Esta ciudad, para mí está perdida para siempre, y yo mismo fui quien la eché a perder. No lo advertía, pero los días transcurrían sin cesar, uno tras otro, y de esa manera transcurrieron dos años, y todo, hasta yo mismo, había pasado".

Tenía treinta y cinco años de edad y buena apariencia. La expresividad irlandesa de su rostro se moderaba por una honda arruga entre los ojos. Al tocar el timbre en casa de su cuñada, en la Rue Palatine, la arruga se hizo más honda y las cejas se curvaron hacia abajo, sintió un pellizco en el estómago. Tras la sirvienta que abrió la puerta surgió una encantadora niña de nueve años que gritó: "¡Papito!", y se lanzó, sacudiéndose como un pez, entre sus brazos. Cogiéndolo de una oreja, lo obligó a volver la cabeza y pegó su mejilla a la suya.

—Mi pequeño cielo —dijo Charlie.

—¡Papi, papi, papi, papito, papito, papito, papito!

La chiquilla lo llevó al salón, donde estaba esperando la familia, un niño y una niña de la edad de su hija, su cuñada y el esposo. Tratando de controlar el tono de la voz, para evitar tanto un aparente entusiasmo como una nota de desagrado, saludó a Marion, pero la respuesta de ella fue más francamente tibia, a pesar de que mitigó su expresión de inquebrantable desconfianza dirigiendo su atención hacia la hija de Charlie. Ambos hombres se estrecharon la mano de manera amistosa y Lincoln Peters dejó la mano en el hombro de Charlie durante un instante.

La sala era cálida, encantadoramente norteamericana. Los tres niños estaban cómodos, jugando en los pasillos amarillos que llevaban a las otras estancias. En el crepitar del fuego y en el trajín típicamente francés de la cocina se evidenciaba la alegría de las seis de la tarde. Sin embargo, Charlie no lograba calmarse, su corazón estaba en vilo a pesar de que su hija le transmitía serenidad y confianza, cuando de vez en cuando se le aproximaba, llevando en brazos la muñeca que él le trajo.

—Lo cierto es que perfectamente —dijo, contestando a una pregunta de Lincoln—. Hay muchísimos negocios que no funcionan, pero a nosotros nos va mejor que nunca. Realmente, fantásticamente bien. Mi hermana llegará de Estados Unidos el mes que viene para encargarse de la casa. Tuve más ingresos el año pasado que cuando tenía dinero. Bueno, ya sabes, los checos...

Presumía con una intención específica, pero un instante después cambió de tema, al adivinar cierta impaciencia en los ojos de Lincoln.

—Ustedes tienen unos niños maravillosos, muy bien educados.

—Honoria también es una maravillosa niña.

Entonces Marion Peters volvió de la cocina. Era una mujer de elevada estatura, de inquieta mirada, que en otra época había poseído una hermosura fresca, muy norteamericana. Charlie jamás había sido sensible a sus encantos y siempre se asombraba cuando alguien hablaba de lo guapa que había sido alguna vez. Ambos habían sentido una recíproca e instintiva antipatía desde el principio.

—¿Cómo encontraste a Honoria? —preguntó Marion.

—Estupenda. Me dejó sorprendido lo que ha crecido en diez meses. Los tres niños tienen excelente aspecto.

—No llamamos al médico desde hace un año. ¿Y cómo te has sentido al volver a París?

—Me parece muy extraño que haya tan pocos norteamericanos.

—Yo estoy fascinada —dijo Marion vehementemente—. Al menos ahora puedes entrar en las tiendas sin que crean que eres millonario. Como todos, también lo hemos pasado mal, pero en general ahora estamos mucho mejor.

—Sin embargo, fue maravilloso mientras duró —dijo Charlie—. Éramos una especie de realeza, casi infalible, con una especie de aureola mágica. Hoy en la tarde, en el bar —titubeó, cuando se dio cuenta de su equivocación—, no estaba ningún conocido.

Los ojos de Marion se posaron fijamente en él.

—Pensaba que ya tuviste bares de sobra.

—Solamente he estado un instante. Únicamente bebo una copa por las tardes, y se acabó.

—¿No deseas tomar un coctel antes de la cena? —preguntó Lincoln.

—Solo bebo una copa por las tardes, y ya está bien por hoy.

—Ojalá te dure —dijo Marion.

La frialdad con que habló evidenciaba hasta qué punto le era desagradable Charlie, quien solo se limitó a sonreír. Tenía proyectos más importantes. La sorprendente agresividad de Marion le daba algo de ventaja, y podía esperar. Deseaba que fueran ellos los primeros en hablar del tema que, como sabían a la perfección, lo llevó a París.

No terminó de decidir durante la cena si Honoria era más parecida a él o a su madre. Sería una verdadera suerte si en ella no se combinaban los rasgos de los dos que los llevaron al desastre. Un deseo muy profundo de protegerla se apoderó de Charlie. Creía estar seguro de lo que debía hacer por ella. Creía en el temperamento. Deseaba retroceder toda una generación y volver a confiar en el temperamento como un elemento eternamente valioso. Todo lo demás se deterioraba.

Después de la cena se marchó de inmediato, pero no para volver a casa. Tenía mucha curiosidad por contemplar París de noche con ojos más perspicaces y juiciosos que los de otra época. Llegó al Casino y vio, con sus arabescos de chocolate, a Josephine Baker.

Una hora más tarde abandonó el espectáculo y se fue paseando hacia Montmartre, subiendo por Rue Pigalle, hasta la Place Blanche. Dejó de llover y algunas personas en traje de noche descendían de los taxis ante los cabarés, y había muchos negros y *cocottes,* solas o en pareja, que trabajaban en la calle. Pasó frente a una puerta iluminada de la que salía música y, con una sensación de familiaridad, se detuvo, era el Bricktop, donde dejó tanto dinero y tantas horas. Descubrió, unas puertas más abajo, otro de sus viejos puntos de encuentros y se asomó, de manera imprudente, al interior. Repentinamente una orquesta entusiasta comenzó a tocar, dos bailarines profesionales se pusieron en movimiento y, echándosele encima, un *maître d'hôtel* gritó:

—¡Señor, está comenzando ahora mismo!

Pero Charlie se apartó en seguida.

"Tendría que estar borracho", pensó.

Sobre los desiertos y siniestros hoteles baratos de los alrededores reinaba la oscuridad. El Zelli estaba cerrado, había más luz en la Rue Blanche y un público local y locuaz, francés. Había desaparecido La Cueva del Poeta, pero las dos enormes fauces del Café del Cielo y el Café del Infierno continuaban bostezando, incluso devoraron, al tiempo que Charlie observaba, el pequeño contenido de un autobús de turistas: un japonés, una pareja norteamericana y un alemán, que se quedaron mirándolo con ojos de pánico.

Y solo a esto se limitaba el ingenio y el esfuerzo de Montmartre. Toda la industria del vicio y el libertinaje fue reducida a una escala totalmente infantil, y súbitamente Charlie comprendió el significado de la palabra "disipado": disiparse en el viento, hacer que algo se transforme en nada. Ir de un lugar a otro en las primeras horas de la madrugada supone un gran esfuerzo, y cada vez se paga más por el privilegio de moverse más lentamente.

Recordaba los billetes de mil francos que dio a una orquesta para que tocara cierta melodía, de los billetes de cien francos lanzados a un portero para que llamara a un taxi.

Sin embargo, no fue a cambio de nada.

Esos billetes, incluso las cantidades más absurdamente malgastadas, fueron una ofrenda al destino para que le otorgara el don de olvidar las cosas más dignas de ser recordadas, las cosas que ahora recordaría siempre: la huida de su esposa, para terminar en una tumba en Vermont, y haber perdido la custodia de su hija.

Una mujer le dijo algo, a la luz que salía de una *brasserie*. Charlie la invitó a café y huevos, y después, evadiendo su amistosa mirada, antes de coger un taxi para volver al hotel, le entregó un billete de veinte francos.

II

En un maravilloso día de otoño se despertó, un día de juego de fútbol. Ya había desaparecido el agotamiento del día anterior y ahora le gustaban las personas de la calle. Estaba sentado al mediodía con Honoria en Le Grand Vatel, el único restaurante que no le recordaba cenas con champán y prolongados almuerzos que comenzaban a las dos y acababan en crepúsculos confusos y borrosos.

—¿Quieres vegetales? ¿Deberías comer un poco de vegetales, no?

—Sí, sí.

—Hay zanahorias y *haricots, épinards* y *chou-fleur.*

—Dame *chou-fleur.*

—¿Pero no preferirías dos vegetales?

—Habitualmente solo almuerzo uno.

El camarero simulaba sentir una extraordinaria pasión por los chiquillos.

—*Qu'elle est mignonne la petite! Elle parle exactement comme une française.*

—¿Y el postre? ¿Esperamos?

El camarero se marchó. Honoria, con mucha expectación, miró a su padre.

—¿Qué haremos hoy?

—Iremos primero a la juguetería de la Rue Saint-Honoré y allí compraremos lo que desees. Más tarde iremos al vodevil, en el Empire.

La niña dudó.

—Me encantaría ir al vodevil, pero no a la juguetería.

—¿Pero por qué no?

—Porque ya me trajiste esta muñeca —se llevó la muñeca al restaurante—. Y ya tengo demasiados juguetes. Y
ya no somos millonarios, ¿verdad?

—Jamás hemos sido millonarios. Pero hoy te puedes
comprar lo que quieras.

—Bien —asintió la pequeña, con resignación.

Charlie solía ser más inflexible cuando Honoria tenía a
su madre y a una niñera francesa, sin embargo, ahora se
exigía mucho más a sí mismo, trataba de ser más tolerante,
tenía que ser padre y madre al mismo tiempo y ser capaz
de comprender en todos los aspectos a su hija.

—Me encantaría conocerte —dijo con seriedad—. Permítame presentarme primero. Soy Charles J. Wales, de
Praga, mucho gusto.

—¡Oh, papi! —no aguantaba la risa.

—¿Y usted quién es, si es tan amable? —siguió, y la
pequeña aceptó su papel de inmediato:

—Yo soy Honoria Wales, Rue Palatine, París.

—¿Soltera o casada?

—Soy soltera, no estoy casada.

Entonces, Charlie señaló la muñeca.

—Pero, madame, usted tiene una hija.

No queriendo abandonar a la pobre muñeca, se la
aproximó al corazón buscando una respuesta:

—Bueno, estuve casada, pero mi esposo murió.

Charlie se dio prisa en seguir:

—¿Cuál es el nombre de la niña?

—Se llama Simone. Es el nombre de mi mejor amiga
de la escuela.

—Me alegra mucho que te vaya tan bien en la escuela.

—Este mes fui la tercera de la clase —presumió—. Elsie —quien era su prima— es la dieciocho y Richard es casi el último de la clase.

—Quieres a Richard y a Elsie, ¿no?

—A tío Lincoln. Sí. Quiero mucho a Richard y a Elsie también.

Cautelosamente, y sin darle demasiada importancia, Charlie preguntó:

—¿Y a quién quieres más, a tío Lincoln o a tía Marion?

—Oh, creo que a tío Lincoln.

Era cada vez más consciente de la presencia de su hija. Cuando entraron al restaurante los acompañó un murmullo, "...adorable", y ahora las personas de la mesa de al lado, cada vez que interrumpían sus charlas, estaban pendientes de ella, contemplándola como a un ser que no tuviera más conciencia que una flor.

—Papá, ¿por qué no vivimos juntos? —preguntó Honoria repentinamente—. ¿Por qué mamá murió?

—Te debes quedar aquí y aprender mejor el francés. A mí no me hubiera sido fácil cuidarte tan bien.

—Realmente, ya no necesito que me cuiden. Yo hago las cosas sola.

Cuando salieron del restaurante, un hombre y una mujer lo saludaron repentinamente.

—¡Caramba, pero si es el amigo Wales!

—¡Hombre! Lorraine... Dunc...

Eran espectros que brotaban del pasado, Duncan Schaeffer, un amigo de la universidad. Lorraine Quarrles, una bella, pálida rubia de treinta años. Una más de la pandilla que lo ayudó, en los pródigos tiempos de hacía tres años, a transformar los meses en días.

—Mi esposo no pudo venir este año —dijo Lorraine, contestándole a Charlie—. Ahora somos más pobres que las ratas. De manera que me envía doscientos dólares mensuales y dice que me las arregle lo mejor que pueda... ¿Es tu hija?

—¿Por qué no te sientas un momento con nosotros en el restaurante? —preguntó Duncan.

—Es que no puedo.

Se contentaba de tener un pretexto. Continuaba percibiendo el atractivo provocador, apasionado, de Lorraine, pero en este momento, Charlie se movía a un ritmo diferente.

—¿Y si nos ponemos de acuerdo para cenar? —preguntó Lorraine.

—No puedo, tengo una cita. Dame tu número de teléfono y tu dirección y te llamaré.

—Tengo la completa seguridad, Charlie, de que estás completamente sobrio —dijo Lorraine con solemnidad—. Estoy plenamente segura de que está sobrio. Te lo digo de verdad, Dunc. Dale un pellizco para ver si está sobrio.

Charlie señaló con la cabeza a Honoria. Dunc y Lorraine comenzaron a reír.

—¿Me dices tu dirección? —preguntó Dunc, con escepticismo.

Charlie dudó, no les quería decir el nombre de su hotel.

—Aún no tengo dirección fija. Ya los llamaré. Ahora vamos al Empire, al vodevil.

—¡Maravilloso! Es lo mismo que yo pensaba hacer —dijo Lorraine—. Tengo deseos de ver malabaristas, payasos y acróbatas. Es lo que haremos, Dunc.

—Pero antes vamos a hacer un recado —dijo Charlie—. Quizá nos vemos en el teatro.

—Está bien. Estás hecho un verdadero esnob... Hasta luego, guapísima.

—Hasta luego.

Muy educada, Honoria hizo una reverencia.

Fue un encuentro muy desagradable. Charlie les caía simpático porque era serio, porque trabajaba, lo buscaban ahora porque tenía más fortaleza que ellos, porque, de cierta forma, se querían alimentar de su fuerza.

Honoria se negó altivamente en el Empire, a sentarse sobre el abrigo doblado de su padre. Ya era una persona, con su propio código, y a Charlie le obsesionaba, cada vez más, el deseo de inculcarle algo suyo antes de que cristalizara totalmente su personalidad. Pero no era posible tratar de conocerla en tan poco tiempo.

En la sala de espera, donde estaba tocando una orquesta, se encontraron con Duncan y Lorraine durante el entreacto.

—¿Podemos tomar una copa?

—Está bien, pero no en la barra. Vamos a buscar una mesa.

—Eres el padre perfecto.

Mientras escuchaba, algo distraído, a Lorraine, Charlie notó cómo los ojos de Honoria se alejaban de la mesa, y la siguió pensativamente por el salón, preguntándose qué estaría observando. Sus miradas se encontraron y Honoria sonrió.

—La limonada está muy buena —dijo.

¿Qué dijo? ¿Qué esperaba él? La abrazó, mientras volvían a casa en un taxi, para que su cabeza pudiera descansar en su pecho.

—Cariño, ¿recuerdas a tu madre algunas veces?

—A veces —respondió de manera vaga.

—No deseo que la olvides. ¿Tienes alguna foto de ella?

—Sí, creo que sí. De todas maneras, tía Marion tiene una. ¿Por qué no deseas que la olvide?

—Porque ella te amaba mucho.

—Yo también la amaba.

Guardaron silencio durante un instante.

—Papá, deseo vivir contigo —dijo de repente.

El corazón de Charlie le dio un vuelco; de esa manera era como quería que sucedieran las cosas.

—¿Es que no estás feliz?

—Sí, pero a ti te amo más que a nadie. Y tú me amas a mí más que a nadie, ahora que mamá murió, ¿no?

—Por supuesto que sí. Pero, querida, no siempre me amarás a mí más que a nadie. Vas a crecer y conocerás a alguien de tu edad, te casarás con él y ya no recordarás que tuviste un papá alguna vez.

—Sí, es cierto —asintió, muy serena.

Cuando llegaron, Charlie no entró en la casa. Iba a volver a las nueve, y quería mantenerse despejado para lo que tenía que decirles.

—Cuando ya estés dentro de la casa, asómate a esa ventana.

—De acuerdo. Adiós, papi, papi, papi, papi.

Hasta que apareció, cálida y resplandeciente, en la ventana, esperó a oscuras en la calle y con la punta de los dedos, lanzó un beso a la noche.

III

Los esposos lo estaban esperando. Lincoln no dejaba de pasearse por la sala con la exaltación de quien ya lleva un buen rato hablando. Marion, sentada al lado de la bandeja del café, vestía un majestuoso y elegante traje negro, que casi hacía pensar que estaba de luto. Querían, tanto como Charlie, abordar el tema. Charlie, casi de inmediato, lo trajo a colación:

—Me imagino que saben por qué vine a verlos, por qué vine a París.

Marion estaba jugando con las estrellas negras de su collar y frunció el entrecejo.

—Tengo muchos deseos de tener una casa —siguió—. Y tengo muchos deseos de vivir con Honoria. Valoro mucho que, por amor a su madre, se hayan ocupado de mi hija, pero las cosas cambiaron... —titubeó y siguió con mayor decisión—, cambiaron de raíz en lo que a mí se refiere y quisiera pedirles que reconsideren la cuestión. Sería una absoluta tontería negar que he sido poco sensato durante tres años...

Marion lo miraba duramente.

—...pero todo eso acabó. Como les dije, hace un año que solamente bebo una copa diaria, y esa copa me la tomo deliberadamente, con el fin de que la idea del alcohol no cobre en mi imaginación una importancia que no tiene. ¿Me comprenden?

—No —dijo Marion concisamente.

—Es como una especie de truco que me hago a mí mismo para recordar la medida de las cosas.

—Te comprendo —dijo Lincoln—. No quieres aceptar que te atrae el alcohol.

—Algo parecido. En ocasiones, no lo recuerdo y no bebo. Pero trato de beber una copa diaria. De todas formas, en mi situación, no me puedo permitir beber. Las firmas de las que soy representante están muy complacidas con mi trabajo y deseo traerme a mi hermana desde Burlington para que se encargue de la casa, y sobre todas las cosas, quiero que Honoria y yo vivamos juntos. Ustedes saben que, incluso cuando su madre y yo no nos llevábamos bien, nunca permitimos que nada de lo que ocurría pudiera afectar a Honoria. Sé que me quiere y estoy seguro de que soy capaz de cuidarla y... bueno, ya les he dicho todo. ¿Qué piensan ustedes?

Charlie sabía que le tocaba ahora recibir los golpes. Eso podía durar una o dos horas, y no sería fácil, pero si reprimía su inevitable resentimiento y lo transformaba en la actitud dócil del pecador arrepentido, finalmente podría imponer su punto de vista.

"Contrólate", se decía a sí mismo. "Amas a Honoria".

El primero en contestarle fue Lincoln:

—Desde que recibimos tu carta el mes pasado estamos hablando de este asunto. Estamos muy felices de que Honoria viva con nosotros. Es una niña encantadora y nos contenta mucho poder ayudarla, pero, por supuesto, ya sé que ese no es el inconveniente...

Marion lo interrumpió repentinamente.

—Charlie, ¿cuánto tiempo vas a aguantar sin beber? —preguntó.

—Yo espero que siempre.

—¿Y a esas palabras qué crédito se les puede dar?

—Saben que jamás había bebido mucho hasta que abandoné los negocios y me llegué aquí sin nada que hacer. Después Helen y yo comenzamos a salir con...

—No metas a Helen en esto, por favor. No tolero que hables de ella de esa manera.

Charlie la miró duramente, jamás había estado muy seguro de hasta qué punto se habían querido ambas hermanas cuando Helen vivía.

—Durante un año y medio, poco más o menos, me dediqué a beber. Desde que llegamos hasta que... me hundí.

—Mucho tiempo.

—Mucho tiempo —asintió.

—Lo hago únicamente por Helen —dijo Marion—. Trato de pensar qué le gustaría que hiciera. Te lo digo sinceramente, dejaste de existir para mí desde la noche en que hiciste aquello tan espantoso. No lo puedo evitar. Helen era mi hermana.

—Sí, ya lo sé.

—Me pidió que me encargara de Honoria cuando se estaba muriendo. Las cosas hubieran sido más sencillas si en aquel momento no hubieras estado internado en un sanatorio.

Charlie no contestó.

—Nunca podré olvidar la mañana en que Helen llamó a mi puerta, mojada hasta los huesos y temblando, y me dijo que echaron la llave y no la dejaste entrar.

Charlie apretaba fuertemente los brazos del sillón. Estaba siendo mucho más difícil de lo que se esperaba. Hubiera deseado demorarse en extensas explicaciones, protestar, pero solamente dijo:

—Esa noche en que le cerré la puerta...

Pero Marion lo interrumpió:

—No voy a hablar de eso nuevamente.

Lincoln, después de un instante de silencio, dijo:

—Estamos saliéndonos del tema. Deseas que Marion renuncie a su derecho a la custodia y te dé a Honoria. Yo pienso que lo más importante es si puede o no confiar en ti.

—No le echo la culpa a Marion —dijo Charlie lentamente—, pero pienso que puede tener total confianza en mí. Hasta hace tres años mi reputación era intachable. Por supuesto que puedo fallar en cualquier instante, soy un ser humano. Pero perdería la infancia de Honoria y la oportunidad de tener un hogar si esperamos más tiempo —hizo un gesto de negación con la cabeza—. ¿No se dan cuenta de que perdería a mi hija, ni más ni menos?

—Sí, te comprendo —dijo Lincoln.

—¿Y por qué no pensaste en todo esto antes? —preguntó Marion.

—Supongo que alguna vez pensaría en todo esto, de cuando en cuando, pero Helen y yo nos llevábamos muy mal. Cuando accedí a darle la custodia de la chiquilla, y no podía moverme del sanatorio, estaba destruido y la Bolsa me había dejado arruinado. Yo sabía que me había comportado muy mal y hubiera aceptado cualquier cosa que me pidieran con tal de devolverle la tranquilidad a Helen. Pero en este momento es diferente. Estoy trabajando, me va malditamente bien, de manera que...

—Te voy a agradecer que no uses ese lenguaje delante de mí.

Atónito, la miró. Cada vez que Marion decía algo, la fuerza de su odio hacia él era más notoria. Con su temor a la vida había edificado un muro que ahora levantaba frente a Charlie. Aquella recriminación insignificante tal vez fuera consecuencia de algún inconveniente que hubiera tenido con la cocinera esa tarde. Le resultaba cada vez más preocupante la posibilidad de dejar a su hija en aquel ambiente de hostilidad hacia él. Saldría a relucir, antes o después, en alguna palabra, en un gesto con la cabeza, y algo de esa desconfianza arraigaría decididamente en Honoria. Pero trató de que su rostro no revelase sus emociones, debía guardárselas. Había logrado cierta ventaja, porque Lincoln se dio cuenta de lo ilógico de la observación de Marion y le preguntó de manera despreocupada desde cuándo le incomodaba la palabra "malditamente".

—Algo más —dijo Charlie—, estoy en condiciones de asegurarle algunos beneficios. Voy a contratar a una institutriz francesa para la casa de Praga. Alquilé un apartamento nuevo...

Se quedó callado, se daba cuenta de que había cometido un error. No era posible que admitieran con ecuanimidad el hecho de que él ganara nuevamente más del doble que ellos.

—Imagino que le puedes ofrecer más lujos que nosotros —dijo Marion—. Nosotros vivíamos contando cada moneda de diez francos cuando tú te dedicabas a tirar el dinero... Y supongo que harás lo mismo otra vez.

—No, no. Ya aprendí. Tú sabes que trabajé diez años con todas mis fuerzas, hasta que, como muchos, tuve suerte en la Bolsa. Una suerte enorme. No parecía que continuar trabajando tuviera demasiado sentido, de manera que lo dejé. No se volverá a repetir.

Se produjo un prolongado silencio. Los nervios de todos estaban en tensión, y por primera vez desde hacía un año Charlie sintió deseos de beber. Ahora estaba completamente seguro de que Lincoln Peters quería que él tuviera a Honoria a su lado.

Marion se estremeció de repente, una parte de ella sabía que ahora Charlie tenía los pies en la tierra, y su instinto de madre aceptaba que su deseo era natural, pero había vivido demasiado tiempo con un prejuicio, un prejuicio fundamentado en una rara desconfianza en la posibilidad de que su hermana fuera dichosa, y que después de una espantosa noche se había convertido en odio contra Charlie. Todo había ocurrido en una etapa de su vida en la que, entre el desánimo de la ausencia de salud y las circunstancias desfavorables, necesitaba creer en un perverso y una perversidad tangibles.

—No me es posible pensar de otra forma —exclamó súbitamente—. Ignoro hasta qué punto tienes responsabilidad en la muerte de Helen. Es algo que deberás arreglar con tu propia conciencia.

En ese instante, Charlie sintió una punzada de dolor, algo parecido a una corriente eléctrica, estuvo a punto de ponerse en pie y en su garganta resonó una palabra impronunciable. Se controló un segundo, un segundo más.

—Ya es suficiente —dijo Lincoln, incómodo—. Yo jamás he pensado que tú fueras responsable.

—Helen falleció de una enfermedad del corazón —dijo Charlie, ya sin fuerzas.

—Sí, una enfermedad del corazón —repitió Marion, como si para ella esa frase tuviera un significado diferente.

Entonces, en el momento vacío, frío, que siguió a su furor, Marion vio claramente que Charlie había logrado controlar la situación. Miró a su esposo y entendió que no podía esperar su apoyo, y de repente claudicó, como si el asunto careciera de importancia.

—Haz lo que te plazca —exclamó poniéndose de pie repentinamente—. Es tu hija. Yo no soy nadie para interponerme en tu camino. Creo que si fuera mi hija me gustaría estar con ella... —logró frenarse—. Decídanlo ustedes. No soporto más. Me siento demasiado mal. Me voy a acostar.

Salió casi corriendo de la sala, y un instante después Lincoln dijo:

—Para ella ha sido un día sumamente difícil. Ya sabes lo obstinada que es... —parecía pedir disculpas—, cuando a una mujer se le mete una idea en la cabeza...

—Por supuesto.

—Todo va a ir bien. Creo que sabe que ahora tú puedes mantener a la pequeña, de manera que no tenemos ningún derecho a interponernos en el camino de Honoria ni en el tuyo.

—Muchas gracias, Lincoln.

—Es mejor que vaya a ver cómo se encuentra Marion.

—Ya me marcho.

Cuando llegó a la calle aún estaba temblando, pero el paseo por la Rue Bonaparte hasta el Sena lo calmó y se sintió lleno de alegría al atravesar el río, siempre nuevo a la luz de las farolas de los muelles. Pero, ya en su cuarto, no se podía dormir. Lo obsesionaba la imagen de Helen. Ella, a la que tanto había amado, hasta que ambos habían comenzado a abusar de su amor insensatamente, a destrozarlo. En esa terrible noche de febrero que Marion recordaba tan intensamente, una lenta pelea se demoró varias horas. No olvidaba la escena en el Florida, y que, cuando trató de llevarla a casa, Helen había besado al joven Webb, quien se encontraba en otra mesa, y recordaba lo que Helen, histérica, le había dicho. Cerró la puerta con llave cuando volvió a casa solo, enloquecido, rabioso. ¿Cómo hubiera podido imaginar que una hora después, ella llegaría sola, que caería una nevada y que Helen deambularía por ahí, en zapatos de baile, muy confundida para encontrar un taxi? Y no podía olvidar las consecuencias: que Helen se recuperara de una neumonía de manera milagrosa, y todo el horror que eso trajo consigo. Lograron reconciliarse, pero eso fue el principio del fin, y Marion, que lo había visto todo con sus propios ojos e imaginaba que esa había sido una de las tantas escenas del suplicio de su hermana, jamás lo olvidó.

Los recuerdos le trajeron nuevamente a Helen a la mente, y, en la luz blanca y suave que cuando comienza a amanecer rodea lentamente a quien está medio dormido, se dio cuenta de que hablaba con ella otra vez. Helen le decía que tenía razón en cuanto al tema de Honoria y que deseaba que ella viviera con él. Dijo que se contentaba de que estuviera bien, de que todo marchara bien para él. Le dijo bastantes cosas más, muy amistosas, pero se encontraba sentada en un columpio, vestida de blanco, y cada vez se balanceaba más, cada vez más rápido, de manera que al final no pudo escuchar claramente lo que Helen estaba diciendo.

IV

Charlie se despertó sintiéndose dichoso. El mundo le abría las puertas de nuevo. Imaginó un maravilloso futuro para Honoria y para él, hizo planes, y súbitamente se sintió afligido al recordar los planes que hizo con Helen.

Ella no planeó morir. Lo más importante era el presente, el trabajo, alguien a quien amar. Pero no amar demasiado, porque conocía el daño que un padre le puede hacer a una hija, o una madre a un hijo, si los ama excesivamente. Después, ya en el mundo, el hijo buscaría el mismo afecto ciego en su pareja y al no poder hallarlo se rebelaría contra la vida y el amor.

Volvía a hacer un día maravilloso, vivificador. Le hizo una llamada a Lincoln Peters al banco donde trabajaba y le preguntó si cuando volviera a Praga Honoria lo podría acompañar. Lincoln estuvo de acuerdo en que no había ningún motivo para retrasar las cosas. Quedaba un asunto pendiente, el derecho a la custodia. Marion deseaba conservarlo durante algún tiempo. Estaba sumamente preocupada con aquel tema, y se sentiría más tranquila si supiera que la situación continuaba un año más bajo su control. Charlie aceptó, lo único que deseaba era a la niña, visible y tangible.

También estaba el asunto de la institutriz. Charlie pasó un buen rato en una agencia oscura conversando con una campesina bretona regordeta y con una bearnesa malhumorada, a ninguna de las cuales hubiera podido aguantar. Había otras candidatas a quienes iba a ver al siguiente día.

Comió en el Griffon con Lincoln Peters, tratando de controlar su alegría.

—No hay nada que se pueda comparar con un hijo —dijo Lincoln—. Pero tú entiendes cómo se está sintiendo Marion.

—Ya se olvidó de todo lo que trabajé en Estados Unidos durante siete años —dijo Charlie—. Únicamente recuerda una noche.

—Eso es diferente —titubeó Lincoln—. Nosotros luchábamos por salir adelante mientras Helen y tú despilfarraban dinero por toda Europa. No he sido ni remotamente millonario, jamás he ganado bastante como para permitirme algo más que un seguro de vida. Yo pienso que Marion consideraba que eso era una especie de injusticia... En aquel momento tú ni siquiera trabajabas y cada vez eras más rico.

—Pero el dinero se fue tan rápido como llegó —dijo Charlie.

—Sí, y bastante fue a parar a manos de los saxofonistas, los *maitres d'hotel* y los *chasseurs*... Bueno, finalizó la gran fiesta. Te he comentado esto para explicarte cómo se está sintiendo Marion después de estos años de locura. Si pasas un instante por casa a eso de las seis, antes de que Marion esté muy cansada, acordaremos los últimos detalles sin ningún inconveniente.

Charlie, de vuelta al hotel, encontró un *pneumatique* que le habían mandado desde el bar del Ritz, donde Charlie dejó su dirección para un viejo amigo.

Apreciado Charlie:

Cuando nos encontramos el otro día estabas tan raro que me pregunté si había hecho algo que te pudiera molestar. Si es así, no me di cuenta. Lo cierto es que te he recordado mucho durante el año pasado, y siempre he abrigado la esperanza de que cuando yo volviera a París nos viéramos nuevamente. En aquella primavera disparatada lo pasamos muy bien, como esa noche en que tú y yo robamos la bicicleta de reparto del carnicero, y esa ocasión en que tratamos de hablar por teléfono con el presidente, cuando usabas bastón y bombín. Últimamente todos parecen haber envejecido, sin embargo, yo no me siento ni un día más vieja. ¿Nos podríamos ver hoy, aunque solo sea un instante, en nombre de esos viejos tiempos? En este momento tengo una resaca miserable. Pero esta tarde me voy a sentir mucho mejor, y te esperaré en el Ritz a eso de las cinco.

Tuya por siempre,
Lorraine

La sensación inicial de Charlie fue de terror. Terror de haber robado, ya en edad madura, una bicicleta de reparto para pedalear por la plaza de L'Étoile, de madrugada, con Lorraine a bordo. Cuando lo recordaba, parecía una auténtica pesadilla. Cerrarle la puerta a Helen no armonizaba con ningún otro suceso de su vida, en cambio el incidente de la bicicleta sí, era uno entre muchos. ¿Para llegar a ese punto de absoluta irresponsabilidad cuántas semanas o meses de desenfreno habían sido necesarios?

Trató de recordar qué le había parecido Lorraine en aquel tiempo: bastante atractiva. A Helen le disgustaba aunque no dijera nada. En el restaurante, hacía veinticuatro horas, Lorraine le había parecido marchita, estropeada, vulgar. No tenía ningún, ningún deseo de verla, y se contentaba de que Alix no le hubiera dado la dirección de su hotel. Y pensar en Honoria era un verdadero consuelo, imaginar los domingos completamente dedicados a ella, y darle los buenos días y saber que respiraba en la oscuridad y que pasaba la noche en casa.

Tomó un taxi a las cinco y compró obsequios para la familia Peters: una caja de soldados romanos, una muñeca de trapo muy graciosa, pañuelos de hilo para Lincoln, flores para Marion.

Al llegar al apartamento, entendió que Marion había aceptado lo inevitable. Lo recibió como si fuera un pariente desobediente, más que una amenaza extraña a la familia. Ya Honoria sabía que se marchaba con su padre y Charlie disfrutó al mirar cómo, con tacto, la chiquilla procuraba ocultar su excesiva felicidad. Únicamente, cuando estuvo sentada en sus rodillas le dijo en voz baja lo alegre que estaba y le preguntó, antes de volver con sus primos, cuándo se marcharían.

Durante un momento, Marion y Charlie se quedaron solos y dejándose llevar por un impulso, él se atrevió a comentarle:

—Las peleas familiares son demasiado desagradables. No respetan ninguna regla. No se parecen a las heridas ni al dolor, más bien son como llagas que no se curan porque no tienen suficiente tejido para hacerlo. Me encantaría que nosotros nos lleváramos mejor.

—No es fácil olvidar algunas cosas —respondió Marion—. Se trata de confianza —Charlie no dijo nada y Marion entonces preguntó—: ¿Cuándo te la piensas llevar?

—Apenas encuentre una institutriz. Espero que sea pasado mañana.

—No, no es posible. Tengo que arreglar sus cosas. No será posible antes del sábado.

Charlie aceptó. Lincoln, que volvió a la sala, le ofreció una copa.

—Muy bien, me voy a tomar mi whisky diario.

Se sentía el calor, era un hogar, personas reunidas cerca del fuego. Los niños se sentían importantes y seguros, la madre y el padre vigilaban, eran serios. Tenían cosas demasiado importantes que hacer por sus hijos, mucho más importantes que su visita. Después de todo, una cucharada de medicina era más importante que sus tensas relaciones con Marion. Ni Marion ni Lincoln eran tontos, pero estaban muy condicionados por las circunstancias y la vida. Charlie se preguntó si no podría hacer algo para rescatar de la rutina del banco a Lincoln.

En ese instante sonó un largo timbrazo, llamaban a la puerta. La *bonne a tout faire* cruzó la sala y desapareció en el pasillo. Después de que sonara nuevamente el timbre, abrió la puerta y después se escucharon voces, y los tres miraron con curiosidad hacia la puerta del salón. Marion se puso en pie y Lincoln se asomó al pasillo. Entonces volvió la sirvienta, seguida de cerca por voces que resultaron ser de Lorraine Quarrles y Duncan Shaeffer.

Estaban felices, alegres, riendo. Por un momento, Charlie se quedó atónito, no podía comprender cómo habían logrado conseguir la dirección de los Peters.

—Ajá —Duncan agitaba el dedo con picardía en dirección a Charlie—. Ajá.

Dunc y Lorraine soltaron un nuevo torrente de carcajadas. Intranquilo, sin saber qué hacer, Charlie les estrechó la mano con rapidez y se los presentó a Marion y a Lincoln. Marion apenas abrió la boca y los saludó con un gesto de la cabeza. Caminó hacia la chimenea, su pequeña hija estaba cerca y Marion le pasó el brazo por el hombro.

Charlie, cada vez más disgustado por la intromisión, esperaba que le dieran una explicación. Y Duncan dijo, después de pensar las palabras un instante:

—Vinimos a invitarte a cenar. Lorraine y yo insistimos en que ya está bueno de rodeos y secretos sobre dónde te hospedas.

Charlie se les aproximó más, como si de esa manera quisiera empujarlos hacia el pasillo.

—Lo siento mucho, pero ahora no puedo. Díganme dónde estarán y dentro de media hora los llamaré por teléfono.

Pero no se inmutaron. De repente, Lorraine se sentó en el brazo de un sillón y exclamó, concentrando toda su atención en Richard:

—¡Qué niño tan bello! ¡Cielo, ven aquí!

Richard no se movió y miró a su madre. Lorraine se encogió de hombros y se dirigió nuevamente a Charlie:

—Ven a cenar. Estoy completamente segura de que tus primos no se van a disgustar. Te veo tan solem... tan solemne.

—Te dije que no puedo —contestó Charlie, tajante—. Vayan a cenar ustedes, los llamaré por teléfono en cuanto me sea posible.

La voz de Lorraine se volvió áspera:

—Muy bien, nos marchamos. Pero recuerda cuando golpeaste mi puerta a las cuatro de la mañana y yo tuve bastante sentido del humor como para darte una copa. Dunc, vámonos.

Se adentraron en el pasillo con pasos titubeantes, con movimientos pesados, con los rostros descompuestos, irritados.

—Buenas noches —dijo Charlie.

—¡Buenas noches! —contestó Lorraine enfáticamente.

Cuando Charlie volvió a la sala, Marion estaba inmóvil, pero ahora echaba el otro brazo por el hombro de su hijo.

Como un péndulo, Lincoln continuaba meciendo a Honoria de acá para allá.

—¡Pero qué poca vergüenza! —explotó Charlie—. ¡No hay derecho!

Ni Marion ni Lincoln le contestaron. Charlie se derrumbó en el sillón, cogió el vaso, lo dejó nuevamente y dijo:

—Personas a las que no veo desde hace dos años y tienen el increíble descaro de...

Se interrumpió. Marion dejó escapar un "ya", una especie de suspiro sofocado, furioso. Repentinamente, le había dado la espalda y había salido de la sala.

Lincoln, con cuidado, dejó a Honoria en el suelo.

—Niños, vayan a comer. Comiencen a tomarse la sopa —dijo y, cuando los pequeños obedecieron, habló con Charlie—: Marion está muy mal y no resiste los sobresaltos. Esa clase de personas hacen que se sienta mal físicamente.

—Yo no les dije que vinieran. Alguien les dio el nombre y la dirección de ustedes. Intencionadamente han...

—Bueno, es una lástima. Esto complica las cosas. Discúlpame un momento.

Charlie, solo, se quedó en su sillón, tenso. Escuchaba comer a los niños en la habitación de al lado, conversaban con monosílabos y ya habrían olvidado la escena de los adultos. Escuchó el susurro de una charla en otra habitación más lejos y el sonido de un teléfono al ser descolgado, y horrorizado, se cambió a otra silla para no escuchar nada más.

Lincoln volvió casi de inmediato.

—Charlie, creo que vamos a dejar la cena para otra noche. Marion no está bien.

—¿Se disgustó conmigo?

—Más o menos —dijo Lincoln, casi de mala manera—. Ella no es fuerte y...

—¿Quieres decir que cambió de opinión sobre mi hija?

—En este momento está muy afectada. No sé. Llámame mañana al banco.

—Me gustaría que le pudieras explicar que en ningún momento se me pasó por la mente traer aquí a esas personas. Estoy igual de ofendido que tú.

—No puedo explicarle nada ahora.

Charlie se paró de la silla. Cogió su sombrero y su abrigo y cruzó el pasillo. Abrió la puerta del comedor y, con una voz extraña, dijo:

—Niños, buenas noches.

Honoria se puso en pie y echó a correr para darle un abrazo.

—Buenas noches, mi cielo —dijo, abstraído, y después, tratando de poner más dulzura en la voz, intentando componer algo, agregó—: Queridos niños, buenas noches.

V

Con la idea frenética de encontrarse con Lorraine y Duncan, Charlie se fue directamente al bar del Ritz, pero no estaban allí y se dio cuenta de que, en cualquier caso, nada podía hacer. En casa de los Peters no había tocado el vaso de whisky y ahora pidió un whisky con soda. Paul se aproximó para saludarlo.

—Todo cambió mucho —dijo afligido—. En este momento el negocio no es ni la mitad de lo que era. Me han comentado que muchos de los que volvieron a Estados Unidos lo perdieron todo, si no en el primer hundimiento de la Bolsa, en el segundo. He escuchado que su amigo George Hardt perdió hasta el último centavo. ¿Ha vuelto usted a Estados Unidos?

—No, estoy trabajando en Praga.

—Me comentaron que, cuando se hundió la Bolsa, usted perdió una fortuna.

—Sí —asintió amargamente—, pero también cuando subió perdí todo lo que quise.

—¿Por qué, vendió a la baja?

—Más o menos.

Como una pesadilla, el recuerdo de esos días se volvía a apoderar de Charlie: las personas que había conocido en sus viajes y las personas que eran incapaces de pronunciar una frase coherente o de hacer una suma. El hombrecillo con quien Helen aceptó bailar en la fiesta del barco y que después la insultó a tres metros de su mesa. Las mujeres y las muchachas que fueron sacadas a rastras de los establecimientos públicos, gritando, drogadas o borrachas...

Individuos que les cerraban la puerta a sus mujeres y las dejaban en la calle, cerrándoles la puerta, en la nieve, porque la nieve de 1929 no era real. Si no deseabas que fuera nieve, era suficiente con pagar lo necesario.

Se dirigió hacia el teléfono y llamó a la casa de los Peters. Lincoln descolgó.

—Te estoy llamando porque no puedo quitarme el asunto de la cabeza. ¿Marion ha dicho algo?

—Marion está enferma —contestó Lincoln, cortante—. Sé que tú no tienes toda la culpa, pero no puedo dejar que esto la destruya. Me temo que vamos a tener que aplazarlo seis meses, no me puedo arriesgar a que pase otro mal rato como el que pasó hoy.

—Ya.

—Lo siento mucho, Charlie.

Charlie volvió a su mesa. El vaso de whisky ya estaba vacío, pero cuando Alix lo miró, interrogante, negó con un gesto de la cabeza. Ya no tenía mucho por hacer, excepto enviarle a Honoria algunos obsequios. Se los mandaría al día siguiente. Más bien furioso, pensó que únicamente era dinero, le había dado dinero a tantas personas...

—No, se terminó —dijo a otro camarero—. ¿Dígame cuánto es?

Volvería algún día, no lo podían condenar a pagar eternamente sus deudas. Pero amaba a su hija y ninguna otra cosa le interesaba al margen de eso. Además, ya no era tan joven, lleno de pensamientos y sueños agradables unicamente para él. Estaba completamente seguro de que Helen no hubiera deseado que estuviese tan solo en este mundo.

La tarde de
un escritor

I

Al despertar se sentía mejor de lo que se había sentido en muchas semanas, sencillamente no se sentía enfermo. Se apoyó un instante en el marco de la puerta que separaba su alcoba y el baño hasta que estuvo completamente seguro de que no se había mareado. Ni siquiera un poco, ni siquiera cuando comenzó a buscar, debajo de la cama, una zapatilla.

Era una resplandeciente mañana de abril, no sabía qué hora era porque su reloj estaba detenido, pero cuando atravesó el apartamento y llegó a la cocina se dio cuenta de que su hija había desayunado y se había marchado y que había llegado el correo, de manera que ya eran más de las nueve.

—Creo que voy a salir hoy —dijo a la sirvienta.

—Le va a sentar bien, hace un día maravilloso.

La criada era de Nueva Orleans, con la piel y las facciones y de una mujer árabe.

—Quiero comer dos huevos fritos, igual que ayer, y una tostada, té y jugo de naranja.

Él se distrajo un momento en la habitación de su hija y comenzó a leer el correo. Eran cartas poco agradables, sin un poquito de alegría, en su mayor parte, facturas y el boletín de la escuela masculina de Oklahoma con su extraordinario álbum de autógrafos. Sam Goldwyn iba a hacer una película de ballet con Spessiwitza, o tal vez no la hiciera. Habría que esperar a que el señor Goldwyn volviera de Europa con media docena de nuevas. La Paramount quería un permiso para utilizar una poesía que había aparecido en uno de sus libros, a pesar de que no sabían si era suyo o solo era una cita. Posiblemente lo utilizaran para el título de una película. De todas maneras esa obra ya no era de él, hace muchos años vendió los derechos para una película muda y, hace un año, para la versión sonora.

"Jamás vas a tener éxito con las películas", pensó. "Con la última ya tuviste suficiente".

Al tiempo que desayunaba, observaba por la ventana, al otro lado de la calle, a los alumnos que cambiaban de clase en el campus de la universidad.

—Hace veinte años, yo también estaba cambiando de clase —dijo a la sirvienta, que se rio con su risa de principiante.

—Si va a salir —dijo ella—, voy a necesitar que me deje un cheque.

—Ah, aún no voy a salir. Debo trabajar dos o tres horas. Voy a salir por la tarde.

—¿Dará un paseo en coche?

—No conduciré nuevamente ese viejo cacharro. Lo vendí por cincuenta dólares. Voy a ir en autobús, en el piso de arriba.

Después que desayunó se recostó durante quince minutos. Luego se puso a trabajar en su oficina.

El trabajo era un cuento para una revista que le había parecido tan flojo hacia la mitad que casi estuvo a punto de romperlo. La trama era como ascender por unas escaleras que nunca finalizaban, había consumido su colección de golpes de efecto, y los personajes, que habían dado sus primeros pasos de manera tan elegante hacía solamente dos días, no lograban alcanzar el nivel de un folletín.

"Sí, realmente necesito salir", pensó. "Me encantaría ir en el ferry a Norfolk o llegar hasta el valle del Shenandoah".

Pero las dos ideas no eran posibles, necesitaban energía y tiempo, dos cosas de las que él carecía actualmente. Lo poco que le quedaba lo debía ahorrar para el trabajo. Subrayando con lápiz rojo las frases acertadas, repasó el manuscrito y, después de meterlas en una carpeta, rompió el resto lentamente y lo tiró a la papelera. Después comenzó a pasear por el cuarto mientras fumaba y hablaba, de vez en cuando, consigo mismo.

"Muy bieeeeen, veamos…"

"Ahora, lo siguiente podría ser…"

"Vamos a ver, ahora…"

Un momento más tarde se sentó, pensando:

"Estoy muy agotado. Durante dos días no debería haber tocado un lápiz".

Estaba revisando el apartado "Ideas para cuentos" de su cuaderno, cuando la sirvienta lo interrumpió para decirle que la secretaria estaba llamando por teléfono, una secretaria que, desde que se enfermó, trabajaba por horas y lo ayudaba.

—Todavía no hay nada —dijo—. Rompí hace poco todo lo que había escrito. No servía para nada. Saldré esta tarde.

—Le va a sentar muy bien. Está haciendo un día excelente.

—Es preferible que venga mañana por la tarde. Tengo muchas facturas y cartas pendientes.

Entonces se afeitó y, cauteloso, antes de vestirse se dio un respiro de cinco minutos.

La idea de salir lo ponía nervioso, no tenía deseos de que los ascensoristas le dijeran que se contentaban de verlo y decidió bajar en el montacargas, donde nadie lo conocía. Se vistió con su mejor traje, el que tenía los pantalones y la chaqueta de diferente color. Únicamente se había comprado dos trajes en seis años, pero eran los mejores trajes. Solamente la chaqueta del que se acababa de poner le costó ciento diez dólares. Ya que debía tener un destino —no era bueno ir a ningún lugar sin haberse trazado un destino— se metió en el bolsillo una ampolla de luminol y también un tubo de champú para que lo utilizara el barbero.

"El perfecto neurótico" se dijo, mientras se miraba al espejo. "Desperdicio de un sueño, subproducto de una idea".

II

Caminó hacia la cocina y, como si se marchara a Little America, se despidió de la sirvienta. En una ocasión durante la guerra había requisado, por pura arrogancia, un automóvil y lo había manejado de Nueva York a Washington para estar a la hora de pasar revista en el cuartel. Esperaba ahora en la esquina de la calle a que el semáforo cambiara, mientras los jóvenes, apurados e indiferentes al tráfico, se le adelantaban. Bajo los árboles, en la esquina de la parada del autobús, hacía fresco y pensó en las últimas palabras de Stonewall Jackson, "Atravesemos el río y reposemos a la sombra de los árboles". Los jefes de esa guerra civil parecían haberse dado cuenta repentinamente de lo fatigados que estaban. Grant, escribiendo con desesperación sus recuerdos antes de morir. Lee, marchitándose hasta dejar de ser quien era.

El autobús era tal como lo imaginó, en el piso de arriba solamente había otro pasajero y las ramas verdes golpeaban incesantemente en las ventanillas. Tal vez tendrían que podar esas ramas, lo que le parecía una verdadera pena. Había mucho que observar. Trató de definir el color de una fila de casas y únicamente le vino a la mente el color de una capa de su madre que solamente reflejaba la luz, aunque parecía de muchos colores y no era de ningún color. Las campanas de una iglesia, en algún lugar, tocaban *Venite adoremus* y se preguntó por qué, ya que la Navidad había acabado hacía ocho meses. No le agradaban las campanas, pero cuando tocaron *Maryland, mi Maryland* en el funeral del gobernador se emocionó bastante.

Había hombres pasando el rastrillo en el campo de fútbol de la universidad y se le ocurrió un título: "El hombre que cuidaba el césped" o también "Crece la hierba", algo acerca de un hombre que, durante años, trabaja cuidando el césped y logra que su hijo estudie en la universidad y juegue en el equipo de fútbol. El hijo entonces muere en plena juventud y el hombre comienza a trabajar en el cementerio, sembrando césped sobre su hijo en lugar de bajo sus pies. Ese sería la clase de cuento que aparece en todas las antologías, pero definitivamente no era lo suyo, solamente era una antítesis inflada, algo tan estereotipado como un relato de revista popular y fácil de escribir. Sin embargo, muchos lo considerarían muy bueno porque era melancólico, tenía fondo y era fácil de entender.

El autobús pasó una descolorida estación de ferrocarril de estilo neoclásico a la que las camisas azules y gorras rojas de los mozos le daban vida. Al llegar a la zona comercial la calle se estrechaba y repentinamente aparecieron chicas vestidas de colores chillones, todas muy hermosas. Pensó que jamás había visto tantas muchachas guapas. Había hombres también, pero todos parecían un poco ridículos, como él cuando se miró al espejo, y había ancianas, más bien feas, y también, de pronto, muchachas desagradables y vulgares; pero en general eran bellas, vestidas de todos los colores, entre los seis y los treinta años y sus rostros no revelaban ningún plan, ningún problema, solamente un estado de apacible suspensión, tranquilo y provocativo. Durante un momento amó la vida con todas sus fuerzas y no sintió el más mínimo deseo de renunciar a ella. Pensó que tal vez había cometido una equivocación al salir a la calle tan rápido.

Se bajó del autobús, agarrándose con mucho cuidado a la barandilla, y recorrió toda una manzana para llegar a la barbería del hotel. Pasó frente a una tienda de deportes y miró el escaparate, pero únicamente le interesó un guante de béisbol que se veía ennegrecido por la palma. Había una camisería al lado, y se detuvo un buen rato a observar las camisas escocesas y las de tonos intensos. Durante un verano en la Riviera, diez años antes, el escritor y otros más compraron camisas de obrero de color azul oscuro y tal vez habían creado aquella moda. Le encantaron las camisas a cuadros, llamativas como uniformes, y quiso tener veinte años e ir a un club de playa con el cielo pintado como un amanecer de Guido Reni o un ocaso de Turner.

La barbería era muy espaciosa, perfumada, llena de luz. Hacía meses que el escritor no se dirigía al centro de la ciudad para semejante tarea y se encontró con que su barbero de siempre se encontraba enfermo, tenía artritis. De manera que le explicó a su compañero cómo utilizar el champú, rechazó el diario y tomó asiento, casi feliz, sensualmente complacido al sentir los fuertes dedos en el cuero cabelludo, al tiempo que le venía a la memoria el recuerdo agradable y entremezclado de todos los barberos que había conocido en su vida.

Escribió una vez un cuento sobre un barbero. En 1929, el dueño de su barbería favorita, en la ciudad donde vivía en aquel momento, había ganado una fortuna de trescientos mil dólares gracias a las confidencias de un industrial de la zona y estaba a punto de retirarse. El escritor se despreocupó del tema, porque casi estaba a punto de marcharse a Europa a pasar unos años con lo que había ahorrado, y ese otoño, al escuchar cómo aquel barbero había perdido toda su riqueza, se decidió a escribir un relato, disfrazando cuidadosamente los detalles, pero girando siempre sobre la idea de un barbero que progresa para después hundirse. No obstante, a sus oídos llegó que en la ciudad reconocieron la historia y provocó cierta molestia.

El lavado finalizó. Al salir al vestíbulo, una orquesta comenzó a tocar en el bar del otro lado de la calle y se detuvo un instante en la puerta para escucharla. Hacía mucho tiempo que no bailaba, dos noches tal vez en cinco años, a pesar de que una reseña de su último libro decía que era un apasionado de los *night clubs*; la misma reseña también mencionaba que era infatigable. Algo, cuando esa palabra resonó en su cabeza le hizo daño. Sintió que lágrimas de debilidad le brotaban de los ojos y se marchó. Era como al inicio, hacía quince años, cuando comentaban que tenía "una terrible facilidad", y él, para no darles la razón, trabajaba en cada frase como un verdadero esclavo.

"Me estoy amargando nuevamente", pensó. "Y eso no es bueno, no es bueno. Debo volver a casa".

El autobús tardó demasiado tiempo en llegar, pero los taxis no le gustaban y aún esperaba que le ocurriera algo en el piso superior del autobús al tiempo que pasaba entre los árboles de la avenida. Cuando finalmente llegó el autobús le costó un poco de trabajo subir los escalones, pero valió la pena porque lo primero que vio fue a dos estudiantes de preuniversitario, un muchacho y una muchacha, sentados en el pedestal de la estatua del general Lafayette, sin ninguna timidez, con toda la atención concentrada en sí mismos. El retraimiento de ambos jóvenes lo emocionó y pensó que debería aprovecharlo de forma profesional, aunque únicamente fuera para compararlo con el progresivo retraimiento de su existencia y la necesidad cada vez mayor de cosechar en un campo ya demasiado cosechado. Requería una reforestación y era plenamente consciente de ello. Esperaba que el terreno aguantara una nueva siembra. Jamás había sido el mejor terreno para él, ya que había tenido una precoz debilidad por lucirse en lugar de observar y escuchar.

Ahí se encontraba el edificio de apartamentos. Antes de entrar miró hacia arriba, a las ventanas de su casa, en el último piso.

"El hogar del escritor de éxito", pensó. "Me encantaría saber qué extraordinarios libros estará escribiendo. Debe ser maravilloso disfrutar de un don semejante, pasar la vida sentado con un papel y un lápiz. Ir a donde te plazca, trabajar cuando quieres".

Su hija aún no había llegado, pero la sirvienta salió de la cocina y dijo:

—¿Lo pasó bien?

—Sí, muy bien, perfecto —dijo—. Estuve patinando, fui a la bolera, jugué con el abominable hombre de las nieves y acabé en un baño turco. ¿Recibí algún telegrama?

—No, nada.

—¿Me puede traer un vaso de leche?

Cruzó el comedor y entró en su despacho, y el reflejo del último sol de la tarde sobre sus dos mil libros lo cegó por un instante. Estaba excesivamente cansado. Se acostaría diez minutos y después vería, en las dos horas que faltaban para cenar, si se le ocurría alguna idea.

El último beso

I

Estar en la cima era una sensación muy agradable. Tenía la convicción de que todo era perfecto, de que las luces resplandecían sobre hermosas mujeres y hombres valientes, de que los pianos jamás desafinaban y de que los labios jóvenes entonaban canciones para corazones felices. Por ejemplo, todas aquellas caras bellas debían ser completamente dichosas.

Y entonces, una cara que no era suficientemente dichosa pasó ante la mesa de Jim al son de una rumba vespertina. Cuando Jim llegó a semejante conclusión ya había pasado, pero se quedó unos segundos más en su retina. Era el rostro de una joven casi tan alta como él, de ojos castaños y opacos y mejillas muy delicadas igual que una taza de porcelana china.

—Te das cuenta —dijo la mujer que lo acompañó a la fiesta, suspirando mientras seguía su mirada—. Yo llevo años intentándolo y a otras solamente les cuesta un segundo.

Jim se quedó con las ganas de contestar: "Pero tú tuviste tu momento, tres esposos. ¿Pero qué me dices de mí? Tengo treinta y cinco años y aún continúo comparando a todas las chicas con un amor que perdí en la adolescencia, buscando todavía en cada mujer no las diferencias, sino las similitudes".

Cuando las luces se diluyeron nuevamente anduvo entre las mesas para salir al vestíbulo. Desde todos lados lo llamaban los amigos, más numerosos que nunca, porque, aquella mañana, el *Hollywood Reporter* había publicado la noticia de su contrato como productor, pero Jim ya estaba acostumbrado debido a que había escalado posiciones en otras ocasiones. Se trataba de un baile benéfico y en la barra, listo para su actuación, estaba un hombre con un traje hecho con papel pintado y Bob Bordley, disfrazado de hombre anuncio, con un cartel donde se podía leer:

HOY, A LAS DIEZ DE LA NOCHE
EN EL ESTADIO DE HOLLYWOOD
SONJA HEINE VA A PATINAR
SOBRE SOPA MUY CALIENTE

Junto a él, Jim vio al productor al que le iba a quitar el puesto al día siguiente, tomándose, sin ninguna clase de desconfianza, una copa con el agente que contribuyó a su ruina. Y al lado del agente estaba la joven cuyo rostro le había parecido muy triste mientras estaba bailando la rumba.

—Ah, Jim —dijo el agente—, esta es Pamela Knighton, tu futura estrella.

Llena de ilusión profesional la joven lo miró. Lo que el agente le dijo era: "Mucha atención. Este es alguien".

—Pamela se unió a mi equipo —dijo el agente—. Deseo que cambie su nombre por el de Boots.

—Creí que dijiste Toots —rio la muchacha.

—Toots o Boots. Es por el sonido doble o, el sonido de la doble o. Es que se te queda. Pamela es de Inglaterra. Su nombre verdadero es Sybil Higgins.

Jim notó que el productor destituido lo observaba con algo infinito en la mirada. No era rencor, no era envidia, sino una sorpresa profunda que parecía preguntar: "¿Por qué? ¿Por qué? Por Dios santo, ¿por qué?". Jim, más preocupado por esa mirada que por su enemistad, se sorprendió a sí mismo invitando a bailar a la joven inglesa. Y se sintió jubiloso cuando se miraron en la pista de baile.

—Hollywood está bastante bien —dijo, como para anticiparse a alguna crítica—. Le encantará. A la mayoría de las muchachas inglesas les agrada, no esperan mucho. He tenido mucha suerte de trabajar con inglesas.

—¿Usted es director?

—Bueno, he hecho de todo... desde agente de prensa en adelante. Firmé hace poco un contrato para trabajar a partir de mañana como productor.

—Esto me gusta mucho —dijo la muchacha después de unos segundos—. Se tienen esperanzas siempre. Y si no se cumplen, siempre podré dar clases en la escuela nuevamente.

Jim se retiró un poco para contemplarla, la impresión era de escarcha plata y rosa. Entonces se echó a reír, porque se parecía tan poco a una maestra de escuela, a una maestra de escuela del Oeste. Y de nuevo percibió que en el triángulo que formaban sus ojos y sus labios había algo triste y un poco perdido.

—¿Con quién vino? —preguntó Jim.

—Vine con Joe Becker —así se llamaba el agente—. Y con otras tres chicas.

—Debo salir media hora. Me tengo que encontrar con alguien... Créame, no me lo estoy inventando. ¿Me quiere acompañar y tomar algo de aire?

Ella aceptó.

Mientras caminaban hacia la puerta pasaron cerca de la mujer que lo acompañó a la fiesta, miró de forma inescrutable a la muchacha y a Jim le hizo un gesto apenas perceptible con la cabeza. Fuera, en la clara noche de California, Jim apreció su gran auto nuevo por primera vez. Le agradaba más que el hecho de utilizarlo. Las calles por las que pasaban estaban tranquilas a esa hora y la limosina se deslizaba a través de la oscuridad de forma silenciosa. La joven esperó a que Jim hablara.

—¿De qué daba clases en la escuela? —preguntó.

—Yo enseñaba a sumar. Dos y dos son cinco, y todo lo demás.

—Es un excelente salto, del colegio a Hollywood.

—Es una historia muy larga.

—No puede ser demasiado larga, usted no debe tener más de dieciocho años.

—Tengo veinte. ¿Cree que soy muy mayor? —preguntó ansiosa.

—¡No, por Dios! Es una edad maravillosa. Yo lo sé, yo tengo veintiuno y la arteriosclerosis apenas está comenzando.

Lo miró seriamente, tratando de calcular su edad, pero sin mencionarla.

—Me encantaría escuchar esa historia tan larga.

La joven exhaló un suspiro.

—Bien, todos los hombres mayores se enamoraban de mí. Mayores, demasiado mayores. Fui la novia de un anciano.

—¿Viejos decrépitos de veintidós años?

—Tenían entre los sesenta y los setenta. Es totalmente cierto. De manera que me convertí en una aventurera y los exprimí bien hasta que obtuve el dinero suficiente para marcharme a Nueva York. Joe Becker me vio en el Veintiuno el primer día.

—¿De manera que jamás ha trabajado en el cine?

—Ah, sí, esta mañana hice una prueba.

Jim sonrió.

—¿Y no le da cargo de conciencia haberles sacado el dinero a todos esos ancianos? —preguntó.

—Claro que no —dijo, con sentido práctico—. Ellos disfrutaban dándomelo. Y es que ni siquiera se trataba de dinero. Cuando deseaban darme un obsequio, los enviaba a un joyero que yo conocía y después yo devolvía el obsequio y el joyero me entregaba las cuatro quintas partes del valor que tenía.

—¡Vaya, usted es una pequeña tramposa!

—Sí —aceptó muy calmada—, una amiga me enseñó. Y estoy dispuesta a obtener todo lo que pueda.

—¿Y no les importaba…, hablo de los viejos,… que no se pusiera las joyas que le obsequiaban?

—Ah, claro que me las ponía… una sola vez. Los ancianos no ven muy bien o no recuerdan las cosas. Por eso no poseo ninguna joya —guardó silencio—. Creo que aquí puedes alquilarlas.

Jim la miró otra vez y se rio.

—La verdad es que yo no me preocuparía por eso. California está atestada de viejos.

Torcieron hacia una zona residencial. Cuando doblaron la esquina, Jim le avisó al chofer.

—Deténgase aquí —se dirigió a Pamela—. Debo solucionar un asunto muy feo.

Jim miró su reloj, se bajó del coche y cruzó la calle hacia un edificio con la placa de un consultorio médico. Lentamente, dejó atrás la placa y entonces un hombre salió del edificio y lo siguió. Entre dos farolas, en la oscuridad, Jim se le acercó, le entregó un sobre y le dijo algo. El hombre se alejó en dirección opuesta y Jim volvió al auto.

—Me cargaré a todos los viejos —explicó—. Hay cosas mucho peores que la muerte.

—Ah, pero en este momento no estoy libre —le aseguró—. Tengo novio.

—Ah... —y un instante después preguntó—: ¿Es inglés?

—Por supuesto, lógicamente. ¿No cree que...? —se detuvo muy tarde.

—¿Que los estadounidenses somos poco interesantes?

—No, no... —su tono apático lo empeoró. Y cuando sonrió, en el instante en que una luz voltaica la iluminó y envolvió su hermosura en un fulgor blanco, resultó todavía más impertinente—. Ahora cuéntemelo —dijo—. Dígame cuál es el misterio.

—Cosas de dinero —respondió Jim casi ausente—. Ese medicucho griego le dijo a cierta dama que tiene mal el apéndice... y nosotros necesitamos que ella participe en una película. De manera que lo compramos. Esta es la última vez que realizo el trabajo sucio de otro.

La muchacha frunció el ceño.

—Pero ¿necesita que le hagan la operación de apendicitis?

Jim se encogió de hombros.

—Tal vez no. Al menos esa rata no lo sabe. Es su cuñado y quiere el dinero.

Pamela sentenció, después de una prolongada pausa:

—Un inglés no haría eso.

—Algunos sí lo harían —contestó Jim escuetamente—, y algunos norteamericanos no.

—Pero un caballero inglés no lo haría.

—Creo que está comenzando con mal pie —sugirió Jim— si lo que desea es trabajar aquí.

—Ah, los norteamericanos me fascinan, los civilizados, por supuesto.

Jim, por su forma de mirarlo, dedujo que ella lo incluía en ese grupo, pero lejos de aquietarlo, aquello le pareció un insulto.

—Se la está jugando —dijo—. Realmente no sé cómo se ha arriesgado a ir conmigo. Podría llevar bajo el sombrero un penacho de plumas.

—No tiene sombrero —dijo la muchacha, muy serena—. Además, Joe Becker me lo dijo. Que quizá conseguiría algo.

Era productor, después de todo, y nunca se llega a nada importante perdiendo la calma, salvo si es adrede.

—Estoy completamente seguro de que algo conseguirá —dijo, y mientras hablaba notaba que un tono ruin y traidor le cambiaba sigilosamente la voz.

—¿En serio? —preguntó la chica—. ¿Cree que voy a destacar o únicamente seré una del montón?

—Ya está destacando —siguió Jim en el mismo tono—. Todos la miraban durante el baile —se preguntaba si lo que decía se acercaba a la verdad. ¿O era una invención suya que la muchacha era única?—. Usted es un nuevo tipo de mujer —continuó—. Un rostro como el suyo le daría... un aire mucho más civilizado a las películas norteamericanas...

Apuntó bien, pero la flecha rebotó, para su enorme sorpresa.

—¿De verdad lo cree? —exclamó—. ¿Me dará una oportunidad?

—Claro que sí —no podía creer que su sarcasmo estuviera errando el blanco—. Pero, por supuesto, tendré tantos competidores después de esta noche que...

—Ah, pero yo preferiría trabajar con usted —declaró—. Se lo voy a decir a Joe Becker.

—Por favor, no le diga nada —la interrumpió.

—Está bien, no se lo voy a decir. Haré todo lo que usted me diga.

Tenía los ojos expectantes, muy abiertos. Jim, perturbado, sentía que las palabras acudían a su boca y se le escapaban involuntariamente. Aquella dulce voz inglesa podía cobijar mucha inocencia y mucho afán de rapiña.

—La podrían desperdiciar en papeles poco importantes —comenzó a decir—. Se trata de obtener un gran papel —se interrumpió y empezó de nuevo—: Usted tiene una personalidad tan arrolladora que...

—¡No, por favor! —Jim vio un brillo de lágrimas en la comisura de sus ojos—. Permítame que lo consulte con la almohada. Me puede llamar por la mañana, o cuando me necesite.

El auto se detuvo ante la larga alfombra roja que llevaba a la fiesta. Cuando vieron a Pamela, la muchedumbre se agrupó grotescamente bajo el chorro de luz deslumbradora de los focos. Tenían listos los cuadernos de autógrafos, pero, incapaces de reconocerla, suspiraron nuevamente tras el cordón de seguridad.

Bailando, a través de la pista, Jim acompañó a Pamela hasta la mesa de Becker.

—No voy a decir ni una palabra —susurró. Sacó una tarjeta del bolso con el nombre de un hotel escrito a lápiz—. Si me llegan otras ofertas las voy a rechazar.

—No, por favor —se apuró a decir Jim.

—Por favor, sí —le dedicó una sonrisa luminosa y, durante algunos segundos, Jim revivió lo que sintió cuando la miró por primera vez. En aquel instante el rostro de la muchacha daba una impresión de cálida simpatía, de juventud y sufrimiento al mismo tiempo. Se dispuso a asestarle una rápida cuchillada final que explotara la burbuja apenas inflada.

—Más o menos dentro de un año… —comenzó. Pero lo obligaron a callar la música y la voz de Pamela.

—Voy a esperar su llamada. Usted es… Usted es el norteamericano más civilizado que he conocido jamás.

Pamela, como apurada por la magnificencia de ese cumplido, le dio la espalda. Jim caminaba hacia su mesa, pero se desvió al darse cuenta de que la mujer que acompañó a la fiesta hablaba con alguien a través de su silla vacía. Repentinamente, la sala, la noche, le parecían excesivamente ruidosas, la mezcla de música y voces era estridente y sin armonía, y cuando recorrió la sala con la mirada, únicamente encontró envidias y resentimientos, egos que redoblaban igual que tambores en una fanfarria. Y él, en contra de lo que pensaba, no se encontraba al margen de la batalla.

Caminaba hacia el guardarropa y pensaba en la nota que le enviaría a su acompañante con un camarero: "Estabas bailando, de manera que yo…". Entonces se dio cuenta de que se encontraba muy cerca de la mesa de Pamela Knighton y, desviándose nuevamente, caminó hacia la puerta por otra vía.

II

Definitivamente, un productor de cine puede comportarse sin inteligencia creativa, pero jamás sin tacto. En ese instante el tacto impregnaba a Jim Leonard, con exclusión de todo lo demás. Tal vez el poder debería haberle autorizado pasar la diplomacia a un segundo plano, dejándole actuar a sus anchas, pero en vez de eso incrementó sus relaciones humanas: con los directores, guionistas, actores y técnicos asignados a su unidad, con los jefes de departamento, censores, con los altos cargos y, finalmente, con los "hombres del Este". Pero no tendría que haber supuesto ningún inconveniente mantener a raya a una solitaria muchacha inglesa, que únicamente tenía como armas el teléfono y una nota que le envío desde la recepción.

Estaba pasando por el estudio y lo recordé a usted y nuestro paseo en coche. Recibí algunas ofertas, pero continúo dándole largas a Joe Becker. Le avisaré si cambio de hotel.

Aquellas palabras, con sus dos mentiras transparentes y la valerosa falsedad de su tono, eran pronunciadas por una ciudad llena de juventud y esperanza. A la muchacha no le interesaban ni el dinero ni la gloria que protegían los muros infranqueables. Simplemente pasaba por allí. Pasaba por allí simplemente...

Eso fue dos semanas más tarde. Joe Becker se dejó caer por su despacho a la semana siguiente.

—¿Recuerdas a Pamela Knighton, la joven inglesa? ¿Qué te parece?

—Bastante agradable.

—No entiendo por qué no quiere que hable contigo —Joe estaba mirando por la ventana—. Así que supongo que aquella noche no la pasaron muy bien.

—Por supuesto que la pasamos bien.

—La muchacha tiene novio, ¿sabes?, es un inglés.

—Sí, me lo contó —dijo Jim, irritado—. No traté de ligármela, si es lo que quieres insinuar.

—Yo entiendo esas cosas. No te preocupes. Solamente te quería decir algo sobre ella.

—¿No le interesa a nadie?

—Solo tiene un mes aquí. Nadie se libra de los comienzos. Simplemente te quería decir que cuando entró aquel día en el Veintiuno todos los clientes acudieron como… como moscas. ¿Entiendes?, de inmediato se transformó en el tema de conversación de todo el restaurante.

—Magnífico, ¿no? —dijo Jim ásperamente.

—Sí. Y ese día LaMarr también estaba allí. Fíjate, Pam estaba totalmente sola, supongo que vestida a la inglesa, pieles de conejo, nada que llamara la atención. Pero resplandecía como un diamante.

—No me digas.

—Mujeres duras vertían lágrimas en su *vichysoisse*. Elsa Maxwell…

—Joe, debo trabajar.

—¿Vas a ver su prueba?

—Sabes que las pruebas las hacen para los maquilladores —dijo Jim, con impaciencia—. No me confío de las pruebas que salen bien. Y tampoco de las malas.

—Tú tienes tus propias ideas, ¿verdad?

—En referencia a eso, sí. En las salas de proyección se han cometido muchos errores.

—Y también en los despachos —dijo Joe poniéndose de pie.

Llegó otra nota una semana más tarde.

Llamé por teléfono ayer y una secretaria me dijo que había salido, y otra que se encontraba en una reunión. Dígame, por favor, si me está dando largas. No rejuveneceré. Es indudable que tengo veintiún años y parece que usted se ha cargado a todos los ancianos.

El rostro de la muchacha se había desvanecido. Jim recordaba los ojos atormentados, las mejillas delicadas, como si los hubiera visto hacía mucho tiempo en una película. Sería sencillo dictar una carta que hablara de una futura prueba, de un cambio de planes, de imprevistos que no harían posible...

No se sentía complacido, pero por lo menos había acabado con ese asunto. Esa noche, mientras estaba tomando un bocadillo en un bar cercano a su casa, le dio la impresión de que había sido satisfactorio su primer mes en el trabajo. Tenía tacto de sobra. Su equipo funcionaba igual que la seda. No tardarían en apreciarlo las sombras que decidían su destino.

En el bar había pocos clientes. Pamela Knighton era la muchacha que leía el diario. Asombrada, lo miró por encima del *Illustrated London News*.

Jim, recordando la carta que tenía en la mesa de su oficina a la espera de ser firmada, pensó hacer como que no la había visto. Aguantando la respiración, con el oído atento, dio media vuelta. Pero nada ocurrió, a pesar de que Pamela lo había visto y, apenado por su cobardía propia de

Hollywood, dio nuevamente media vuelta y levantando el sombrero la saludó.

—Se va a dormir tarde, ¿verdad? —dijo.

Pamela dejó de leer de inmediato.

—Mi casa queda a la vuelta de la esquina —dijo—. Me acabo de mudar. Hoy le escribí.

—Yo vivo cerca de aquí también.

Pamela dejó la revista en el anaquel de los diarios. El tacto de Jim se esfumó. De repente se sintió viejo y exhausto, e hizo la pregunta errada.

—¿Y cómo van las cosas?

—Ah, excelente —dijo—. Estoy trabajando en una comedia en el teatro Nuevos Valores de Pasadena, una auténtica comedia. Eso me sirve para ir cogiendo experiencia.

—Creo que es muy sensato.

—Dentro de dos semanas estrenamos. Estaba esperando que viniera.

Entonces salieron juntos y se pararon bajo el resplandor del luminoso rojo. Los vendedores de diarios gritaban los resultados del fútbol en la otra acera de la calle otoñal.

—¿Y hacia dónde va? —preguntó Pamela.

"En dirección opuesta a la tuya", pensó Jim, pero cuando ella le señaló hacia dónde iba, él la acompañó. No pisaba Sunset Boulevard desde hacía meses, y la mención de Pasadena le trajo a la memoria la primera vez que llegó a California, hacía diez años. Era el recuerdo de algo fresco y nuevo.

La joven se detuvo ante unas casitas pequeñísimas alrededor de un patio central.

—Buenas noches —dijo—. No debe preocuparse si no me puede ayudar. Joe me explicó cómo están las cosas, con la guerra y todo lo demás. Estoy segura que a usted le encantaría ayudarme.

Despreciándose a sí mismo, Jim afirmó solemnemente.

—¿Usted está casado? —preguntó Pamela.

—No.

—Deme, entonces, un beso de buenas noches —como Jim titubeaba, agregó—: Me encanta que me den un beso de buenas noches. Así duermo mucho mejor.

Tímidamente la abrazó y se inclinó para aproximarse a su boca, apenas rozándola... y pensó repentinamente que ya no podría enviarle la carta que tenía sobre la mesa... y le encantó abrazarla.

—Se da cuenta de que no es nada —dijo ella—, solamente como amigos. Únicamente para darnos las buenas noches.

Jim, camino de la esquina, dijo en voz alta:

—Bueno, me voy a condenar.

Y, hasta después de haberse acostado, continuó repitiéndose la funesta profecía.

III

Jim fue a Pasadena, tres noches después del estreno de la obra de Pamela y compró una entrada para la última fila. Entró en un teatro muy pequeño y fue el primero en llegar, prescindiendo del parloteo que se mezclaba con los martillazos entre bastidores y de los acomodadores que revoloteaban por la sala. Pensó en comenzar una retirada muy discreta, pero lo serenó la llegada de un grupo de cinco personas, entre las que estaba el ayudante de Joe

Becker. Se apagaron las luces, sonó un gong, la obra comenzó para un público de seis personas.

Jim miraba a Pamela. Delante de él, los otros cinco asistentes juntaban sus cabezas y cuchicheaban después de cada escena en la que ella aparecía. ¿Era buena? No tenía la más mínima duda. Pero el don natural del talento era una rareza entre tantas películas como se exhiben en medio mundo. Había alguna remota posibilidad y suerte. La suerte era él. Tal vez fuera la suerte para esa chica, si confirmaba que era universal lo que ella le hacía sentir interiormente. Las estrellas ya no se creaban por el simple capricho de un hombre, como en los tiempos del cine mudo, pero continuaba habiendo aspirantes, oportunidades, pruebas. Cuando bajó el telón, con el aire doméstico de una persiana, se dirigió a los bastidores por el simple procedimiento de cruzar una puerta lateral. Pamela lo estaba esperando.

—Por mí hubiese sido mejor que no viniera esta noche —dijo—. Ha sido un absoluto fracaso. Hubo lleno total la noche del estreno, y estuve observando a ver si lo miraba entre el público.

—Usted ha estado muy bien —dijo Jim con timidez.

—No, no. Tendría que haberme visto el otro día.

—Ya he visto bastante —dijo—. Le daré un pequeño papel. ¿Puede ir mañana al estudio?

Miraba la expresión de Pamela. Una tristeza repentina y abrumadora brilló en sus ojos y en la curva de los labios.

—Ay —dijo—. Lo siento mucho. Pero Joe invitó a algunas personas y firmé un contrato con Bernie Wise al día siguiente.

—¿De veras?

—Yo estaba segura de que usted estaba muy interesado e inicialmente no me di cuenta de que usted simplemente era una especie de supervisor. Pensé que tenía más poder... —se interrumpió antes de aseverarle con fastidio—: Usted me cae mucho mejor. Bernie Wise es mucho menos civilizado que usted.

Jim sintió una punzada de contrariedad y amargura. Muy bien, al menos era civilizado.

—¿La puedo llevar hasta Hollywood? —le preguntó.

Cruzaron una noche suave de octubre como si fuera de abril. Al atravesar un puente, Jim hizo un ademán mostrándole las alambradas que coronaban el pretil y Pamela asintió.

—Sí, sé lo que es —dijo—. ¡Qué idiotez! Los ingleses no se suicidan si no logran lo que quieren.

—Lo sé. Vienen a Estados Unidos.

Pamela comenzó a reír y, como apreciando su valor, lo miró. Apoyó su mano en la mano de Jim. Sí, podría hacer lo que quisiera con él.

—¿Esta noche hay beso? —sugirió Jim un rato más tarde.

El chofer estaba aislado en su compartimiento. Pamela lo miró.

—Sí, esta noche hay beso —dijo ella.

Viajó en avión al Este al día siguiente, en busca de jóvenes actrices que fueran idénticas a Pamela Knighton. Tenía tanto interés que lo predisponía cualquier voz con claro acento inglés, cualquier mirada que sugiriera melancolía. Daba la impresión de ser un intento desesperado de hallar a alguien exactamente igual que aquella joven. Entonces, cuando un telegrama exigió que volviera a Hollywood urgentemente, se encontró con que en sus manos caía Pamela.

—Jim, tienes una segunda oportunidad —dijo Joe Becker—. No la vayas a desaprovechar.

—¿Qué ha sucedido?

—Aquello es un desastre. No tenían un papel para ella. De manera que rompimos el contrato.

El jefe de los estudios, Mike Harris, investigó el asunto. ¿Por qué quería prescindir de ella un cineasta tan inteligente como Bernie Wise?

—Bernie dice que ella no sabe actuar —le comunicó Harris a Jim—. Y además crea dificultades. Sigo pensando en las dos muchachas austriacas y en Simone.

—Yo la he visto actuar —insistió Jim—. Y tengo trabajo para ella. No pretendo darle nada importante aún. Me encantaría probarla en un papel pequeño para que tú la vieras.

Jim, una semana más tarde, empujaba la puerta acolchada y entraba en el plató III muy preocupado. En traje de noche, los extras, con las pupilas dilatadas, lo miraron en la penumbra.

—¿Y Bog Griffin dónde está?

—Está en ese camerino, con la señorita Knighton.

Se encontraban sentados en un sofá a la luz de una lámpara de tocador y Jim dedujo que el problema era muy serio por el gesto de decepción de Pamela.

—No sucede nada —insistía Bob, todo gentileza—. Somos como una pareja de pequeños gatitos. ¿Verdad que sí, Pam?

—Tienes olor a cebolla —dijo Pamela.

Griffin lo intentó nuevamente.

—Hay una forma inglesa de hacer las cosas y una forma norteamericana. Solo estamos buscando un acertado y feliz término medio, nada más.

—Hay una forma correcta y una forma imbécil —resumió Pamela—. No quiero comenzar pareciendo una estúpida.

—Bob, ¿te importaría dejarnos solos? —dijo Jim.

—Por supuesto que no. Tienen todo el tiempo del mundo.

Durante aquella agotadora semana de pruebas, pruebas de vestuario y ensayos, Jim no la había visto, y ahora se daba cuenta de lo poco que sabía con respecto a ella, y ella de ellos.

—Da la impresión de que estás hasta la coronilla de Bob —dijo.

—Quiere que diga cosas que una persona en su sano juicio jamás diría.

—De acuerdo, tal vez sea así —asintió—. Pamela, ¿alguna vez has exagerado tu papel desde que estás trabajando aquí?

—Bueno… Todos lo hacen alguna vez.

—Pamela, escucha, por una simple razón, Bob Griffin gana casi diez veces más que tú. No porque sea el director más brillante de Hollywood, que definitivamente no lo es, sino porque nunca exagera su papel.

—Pero él no es actor —dijo, confusa.

—Me estoy refiriendo a su papel en la vida real. Lo elegí para esta película porque yo exagero mi papel de vez en cuando. Pero Bob, no. Él firmó un contrato por una exagerada suma de dinero, que no se merece, que no se merece nadie. Pero cobra eso porque la cuarta dimensión de este negocio es tener mano izquierda y Bob ha aprendido a no pronunciar jamás la palabra "yo". Productores, actores y directores, personas que le triplican en talento, se van a pique porque no llegan a aprender eso jamás.

—Sé que me estás sermoneando —dijo Pamela, con inseguridad—. Pero creo que no te comprendo. Las actrices tenemos nuestra propia personalidad…

Jim asintió.

—Y nosotros le pagamos cinco veces lo que podría lograr en cualquier otro lugar, con tal de que sea capaz de no estorbar a los demás integrantes del equipo. Pamela, tú nos estás estorbando a todos.

"Pensé que realmente eras mi amigo", dijo la mirada de Pamela.

Estuvo hablando con ella durante algunos minutos más. Lo que dijo, absolutamente todo, lo dijo de corazón, pero como dos veces había besado esos labios, supo que lo que esperaban de él era apoyo y protección. Todo lo que había logrado era asustarla por no estar de su lado. Sintiéndose algo confuso, y afligido al verla sola, gritó, mientras se asomaba a la puerta del camerino:

—¡Bob!

Jim fue a resolver otras cuestiones. Volvió a su oficina, donde lo esperaba Mike Harris.

—Esa joven crea problemas nuevamente.

—Pero acabo de estar allí.

—Me estoy refiriendo a hace cinco minutos —gritó Harris—. Ha estado ocasionando problemas desde que te fuiste. Bob Griffin tuvo que suspender el rodaje por hoy. Ya no aguantaba más.

Entonces, entró Bob.

—Hay personas con las que no parece haber forma de… con las que no encuentras cómo…

Se produjo un instante de silencio. Mike Harris, molesto por la situación, sospechó que Jim tenía una relación con la joven.

—Solo les pido que me den un plazo hasta mañana por la mañana —dijo Jim—. Creo que puedo solucionar el problema.

Griffin dudó, pero miró en los ojos de Jim una petición personal, una súplica tras la que había diez años de buenas relaciones.

—Está bien, Jim, de acuerdo —dijo.

Cuando se marcharon, Jim llamó a Pamela por teléfono. Ocurrió lo que casi había esperado, pero cuando le respondió una voz de hombre el alma se le cayó al suelo.

IV

Una actriz, a excepción de las enfermeras, es la presa más fácil para un hombre inescrupuloso. Jim aprendió que en el fondo de las dificultades o fracasos de una actriz existía muchas veces un embaucador bien hablado, pero poco digno de confianza, que por la vía del entrometimiento, los regaños a medianoche y los pésimos consejos, hacía valer su masculinidad. La técnica del sujeto consistía en menguar el trabajo de la mujer y cuestionar continuamente las razones y la inteligencia de la gente para la que ella trabajaba.

Eran ya más de las seis cuando Jim llegó al hotel de Beverly Hills al que se había mudado Pamela. Una fuente fresca, en el patio, salpicaba agua estúpidamente entre la niebla de diciembre, y Jim escuchó la fuerte voz del mayor Bowes que sonaba en tres radios diferentes.

Jim se quedó asombrado cuando se abrió la puerta del apartamento. El hombre era un anciano, un inglés encorvado y marchito, con el rostro colorado, un color invernal que se iba extinguiendo. Tenía puesta una bata —una bata vieja— y zapatillas, y con aire de estar en su casa, invitó a Jim a tomar asiento. Pamela llegaría de inmediato.

—¿Usted es un pariente de ella? —preguntó Jim, atónito.

—No. Pamela y yo nos conocimos aquí en Hollywood, forasteros en tierra extraña. ¿Usted trabaja en el cine, señor… señor…?

—Leonard —dijo Jim—. Sí, soy el jefe de Pamela en la actualidad.

Entonces, la mirada del anciano cambió. Se aguzaron los ojos lagrimosos, se endurecieron los párpados viejos al entornarse. La boca se tensó, se curvó hacia abajo. Jim observaba una expresión de completa perversidad. En seguida, las facciones se suavizaron nuevamente, volvieron a ser los rasgos de un viejo.

—Yo espero que traten a Pamela como se merece.

—¿Usted ha trabajado alguna vez en el cine? —preguntó Jim.

—Sí, hasta que la salud me falló. Pero continúo en la lista de actores de los estudios y conozco el mundo del cine a la perfección y también el alma de sus dueños y…

Guardó silencio de repente. La puerta se abrió y Pamela entró.

—Vaya, hola —dijo, asombrada—. ¿Ya se conocen? El distinguido Chauncey Ward… El señor Leonard.

Su resplandeciente hermosura, que apareció como arrebatada al clima y al aire, le cortó durante unos segundos la respiración a Jim.

—Creía que esta tarde ya me habías recordado mis pecados —dijo Pamela, con cierto tono de provocación.

—Deseaba conversar contigo fuera de los estudios.

—No vayas a aceptar que te bajen el sueldo —dijo el viejo—. Es un truco muy antiguo.

—No, señor Ward, no es eso —dijo Pamela—. El señor Leonard, hasta ahora, ha sido amigo mío. Pero el director hoy pretendía que yo hiciera el ridículo y el señor Leonard lo apoyó.

—Todos están de acuerdo —dijo el señor Ward.

—Me pregunto si… —comenzó a decir Jim—. ¿Podríamos conversar a solas?

—El señor Ward es de mi entera confianza —dijo Pamela, frunciendo el entrecejo—. Aquí lleva veinticinco años y puede decirse que es mi representante.

Jim se preguntó de qué soledad tan profunda habría surgido esa relación.

—Me dijeron que ha habido nuevamente problemas en el plató —dijo.

—¡Problemas! —Pamela abrió bastante los ojos—. El ayudante de Griffin me humilló y yo lo escuché. Y me marché. Y si Griffin me envía disculpas contigo, no las acepto. Nuestra relación a partir de este momento será rigurosamente profesional.

—Griffin no te manda disculpas —dijo Jim, incómodo—. Solo te da un ultimátum.

—¡Un ultimátum! —gritó Pamela—. Tú eres su jefe y yo tengo un contrato, ¿verdad?

—Bueno, hasta cierto punto —dijo Jim—, pero es indudable que las películas se realizan en equipo y…

—Permíteme entonces que pruebe con otro director.

—Pelea por tus derechos —dijo el señor Ward—. Lo único que les impresiona es eso.

—Usted se ha empeñado en destruir a esta joven —dijo Jim sin alzar la voz.

—No nos intimida —gritó Ward—. Conozco muy bien a las personas como usted.

Jim miró nuevamente a Pamela. Ya no podía hacer nada. Habría podido influir sobre ella si estuvieran enamorados, y si aquel instante le hubiera parecido la ocasión de avivar la chispa de pasión que compartían. Pero era muy tarde. Era como si sintiera que, fuera de esas cuatro paredes, los veloces engranajes de la industria giraban en la penumbra de Hollywood. Estaba seguro de que, cuando el estudio abriera a la mañana siguiente, Mike Harris tendría nuevos planes en los que no figuraba Pamela.

Dudó unos minutos más. Era un hombre estimado, joven todavía, respetado por todos. Se podría responsabilizar de aquella muchacha, ponerle un profesor de arte dramático. Le dolía mucho verla cometer semejante equivocación. Y, por otro lado, sentía temor de que cierta gente le hubiera aguantado muchas cosas, echándola a perder para una profesión como la que había escogido.

—Hollywood no es un lugar muy civilizado —dijo Pamela.

—Es un nido de alimañas al acecho —corroboró el señor Ward—. Una verdadera jungla.

Jim se puso de pie.

—Muy bien, uno que se va a acechar a otro lado —dijo—. Pam, lo siento bastante. Si piensas de esa manera, pienso que lo más sensato sería que volvieras a Inglaterra y contrajeras matrimonio.

En la mirada de Pamela hubo un destello de duda. Pero la egolatría juvenil y la seguridad en sí misma tenían más peso que la razón. No percibía que en aquel preciso instante se le estaba presentando una oportunidad que perdería para siempre.

Porque cuando Jim dio media vuelta y se marchó, ya la había perdido. Aquello ocurrió semanas antes de que llegara a darse cuenta de lo que había sucedido. Recibió el sueldo de varios meses —Jim se preocupó de que fuera así—, pero no pisó aquel plató nunca más. Ni ningún otro. Sin que mediara palabra, fue incluida en la lista negra que no está asentada en ningún papel, pero que funciona en las partidas de backgammon que siguen a la cena o camino de las carreras de caballos. Muchos hombres influyentes la miraban interesadamente, se fijaban en ella en algún restaurante, pero en el mismo punto muerto acababan todas las averiguaciones que hacían.

Durante meses resistió, incluso mucho después de que ella desapareciera de esos lugares a los que las personas van para que las vean y Becker ya no tuviera interés por sus asuntos. Y no la mataron ni el sufrimiento ni el desaliento, falleció de muerte natural en junio.

V

Jim no podía creerlo cuando lo supo. Se enteró casualmente que se encontraba en el hospital con neumonía, llamó por teléfono y le dijeron que había fallecido. Sybil Higgins, actriz, de veintiún años, inglesa.

Dio el nombre del viejo Ward como la persona que tenía que ser informada y Jim le envió dinero para cubrir los gastos del entierro, con la excusa de algún sueldo retrasado. No asistió al funeral, temiendo que Ward sospechara la procedencia del dinero, pero una semana más tarde visitó la tumba.

Era un esplendoroso e interminable día de junio, y permaneció una hora. La ciudad estaba repleta de jóvenes que se alegraban con respirar y ser dichosos y era un absurdo que la muchacha inglesa no estuviera entre ellos. Continuaba dándoles vueltas y vueltas a las cosas, buscando algo que la hubiera podido salvar, pero ya era muy tarde. Se había disuelto aquella escarcha rosa y plata. En voz alta le dijo adiós y le hizo la promesa de volver.

Reservó una sala de proyección en el estudio y pidió las pruebas que había hecho Pamela y los metros de película que le dio tiempo de rodar. Se acomodó en un sillón de piel en la oscuridad y apretó el botón para que comenzara.

Pamela vestía en la prueba el traje de noche que llevaba en el baile donde la vio por primera vez. Parecía muy dichosa, y Jim se contentó de que por lo menos hubiera disfrutado de aquella felicidad. Llegaron, entrecortadas, las imágenes de la película, con las claquetas que indicaban el número de cada secuencia y la voz de Bob Griffin al fondo. Llegó entonces la toma final y Jim se inquietó, Pamela dejaba de mirar a la cámara y susurraba:

—Preferiría morirme antes que hacer eso.

Jim se puso en pie y volvió a su despacho, y buscó y leyó las tres notas que ella le había enviado, una vez más.

...Estaba pasando por el estudio y lo recordé a usted y nuestro paseo en coche.

Estaba pasando por el estudio. Lo había llamado dos veces por teléfono en primavera, lo sabía, y le hubiera encantado verla. Pero no la podía ayudar y le hubiera dolido mucho tener que decírselo.

"Yo no soy muy valiente", pensó Jim. Incluso en aquel instante tenía metido el miedo en el corazón, miedo de que eso terminara obsesionándolo, poseyéndolo, como ese recuerdo de la juventud. No quería ser infeliz.

Y unos días más tarde se quedó trabajando en la sala de doblaje hasta muy tarde, y después fue al bar que estaba cerca de su casa a tomar un bocadillo. Era una noche calurosa y había bastantes jóvenes bebiendo refrescos. Estaba pagando cuando miró a alguien en la estantería de los diarios, que lo observaba por encima de una revista abierta. Se detuvo. No deseaba volverse a mirar para llevarse la decepción de una simple semejanza. Pero tampoco quería marcharse.

Escuchó cómo pasaban una página, y miró por el rabillo del ojo la portada de la revista, era *The Illustrated London News*.

No sintió temor, pensaba con mucha rapidez, con mucha desesperación, si eso fuera real y pudiera aferrarse a ella para recuperarla, y comenzar de nuevo desde aquella noche, desde aquel mismo momento.

—Señor Leonard, tome el vuelto.

—Muchas gracias.

Se dirigió a la puerta, sin atreverse a mirar, y entonces se cerró la revista, y la dejaron en la estantería, y escuchó la respiración de alguien junto a él, demasiado cerca. En la acera de enfrente, los vendedores de diarios voceaban un número extra, y entonces tomó la dirección opuesta a su casa, el camino de ella, y escuchó cómo ella lo estaba siguiendo, las pisadas eran tan nítidas que disminuyó el paso con la sensación de que a ella le era difícil seguirlo.

La abrazó frente al patio de los apartamentos para sentir más cerca su resplandeciente hermosura.

—Dame un beso de buenas noches —dijo ella—. Me encanta que me den un beso de buenas noches. De esa manera duermo mucho mejor.

"Duerme entonces", pensó al tiempo que daba la vuelta y se alejaba. "Duerme. No fue posible cuando me encontré con tu hermosura. No la quise derrochar, pero la derroché, ignoro cómo. Duerme. Solo te queda eso".

Índice